旅ごはん

目次

写真　小川糸、かくたみほ
デザイン　坂川朱音

1

キャラウェイの黒パン

食卓は神様の手のひら、
パンはそのご馳走。

初めてラトビアを訪ねた時の衝撃は忘れられない。

ラトビアは、バルト三国のうちのひとつで、エストニアとリトアニアの間に挟まれた小国である。地域としては、北欧だ。

ラトビアでは、何を口にしても美味しかった。質素ではあるが、決して禁欲的ではなく、料理に無駄がない。シンプルで、なおかつ洗練されている食事は、いかにもラトビア人の価値観や美意識を象徴していて、私が理想とする食生活だった。清らかで、美しく、神々しいのである。

とりわけ衝撃的だったのは、黒パンとの出会いだ。ホテルの朝食に出される黒パンの美味しさに、私はめろめろになってしまった。見た目は文字通り黒くどっしりとしているのだが、中は見た感じほど硬くなく、ふっくらしている。そして、ほんのり甘酸っぱい。その甘酸っぱさも、嫌味になるほどの甘酸っぱさではなく、あくまで、ほんのりなのである。これなら、毎日でも食べられる。

黒く見えるのは、ライ麦の粉をたくさん使って焼いているから。そして、何かいい香りがするなぁ、と思っていたら、キャラウェイだった。ラトビアの黒パンには、このキャラウェイが欠かせない。ライ麦とキャラウェイが、ラトビアの黒パンを、黒パンたらしめている。

この黒パンを、ラトビア人は旅行の際、スーツケースに入れて持ち歩き、それを食べながら一緒に旅をするそうだ。そんな大げさな、それは昔の話で、今はどこでも美味しいパンがあるしそんなことしないのではないかと鼻白んでいたら、大間違いだった。本当に、今でも、ふつうに黒パンを旅に携帯するらしい。曰く、日本人にとってタイ米と日本のお米が違うように、ラトビア人にとっても黒パンと他のパンは似て非なるもののこと。

黒パンは、ラトビア人にとってのソウルフードといえる食べ物で、黒パンこそ、ラトビアを象徴する食べ物なのである。

ちなみに、黒パンはラトビア語でルップマイゼという。そう、小説『ミ・ト・ン』の舞台であるルップマイゼ共和国とは、つまり黒パン共和国という意味なのだ。それくらい、ラトビア人にとって黒パンは、大切な、かけがえのない存在なのである。

黒パンは、たいてい、ハーブを練り込んだバターと共に出されるのだが、このバターがまた、新鮮で、素晴らしく味がいい。少し前の時代までは、バターもまた、それぞれの家で手作りしていたという。

ただし、ラトビア人にとって、黒パンのもっとも贅沢な食べ方といえば、バターではなく、ラードを塗って食べる食べ方らしい。薄くラードを塗ったのでは貧乏くさいと揶揄され、たっぷり、厚さにすると一センチくらいのラードを豪快に塗って食べるのが、至福の喜びなのだとか。

私はもっぱら、バターとハチミツ派である。ハチミツもまた、大規模に流通せず、その土地で採れた近所のハチミツなので、濃厚で味わい深いのだ。かつては日本も、自分の足元に近い食べ物だけを口にしていたのだろうけど、今は違う。その点ラトビアでは、今でも、昔と同じ食事をし、同じ暮らしを営んでいる。

どこで食べた黒パンもそれぞれ美味しかったけれど、もっとも印象に残っているのは、パン博物館でいただいたヴィヤさんの黒パンだ。

ラトビアの家庭では代々パンこね桶を受け継いで使うそうで、そのパンこね桶に残っている菌を使ってパンを発酵させている。

ヴィヤさんは、赤ん坊をあやすような気持ちでパン生地の面倒を見ると話していた。そして、同じパンを食べた人同士が、仲良く、平和に暮らせることを祈りながら、毎日パンを焼いているという。食卓は神様の手のひらで、パンはそのご馳走なのだと、優しい声で教えてくれた。

テーブルには、野の花が美しく飾られ、キャンドルが灯されていた。パンが痛がらないよう、必ず手でちぎって食べてください、というヴィヤさんの言葉が胸にしみる。

いつか、ヴィヤさんの下で、黒パンの作り方を習いたい。私は本気で、そんな夢を描いている。

2

アボカド納豆のオニギラーズ

記憶に残るのは、案外、こんなふうに
何気無く口にした食べ物だったりする。

陸続きのヨーロッパでは、鉄道で旅をすることが多い。飛行機に乗ってしまえば一、二時間で着いてしまう場所へ、わざわざ半日、場合によっては二日もかけて、のんびりのんびり列車で行くのである。

風景がきれいなので、決して飽きない。車窓の景色を見て楽しんだりしているだけで、あっという間に目的地へと着いてしまう。

そして、そんな時に欠かせない旅のお供が、オニギラーズだ。片仮名で、しかも語尾を伸ばして発音すると、なんだか外国の食べ物のように聞こえる。出発の朝、冷蔵庫にある残り物でパパッと作るのである。

ベルリンで暮らし始めたばかりの早春、ブレーメンとハンブルクへ小旅行に出かけた際も、オニギラーズを持って出た。しかも、具に選んだのは、アボカドと納豆。こちらの人は納豆があまり得意ではないし、もしも食べている時に臭いが出て、周りの人に不快な思いをさせてしまったらどうしようとためらいもあったが、ものは試しである。アボカドも納豆も、無駄にしたくない。

炊き立てのご飯を海苔の中央にこんもりとよそい、そこにワサビ醤油で味付けしたアボカド納豆をのせ、さらに上からご飯をかけ、あとは折り紙の要領で海苔の四隅を中心に向けて折りたたむ。なんとなく四角い固まりになるよう形を整えたら、折り目を下にしてひっくり返しておくのである。そうするとご飯の蒸れで海苔が湿って、海苔同士がくっつき、はがれにくくなる。

オニギラーズは、ご飯版、サンドイッチだ。貴重な海苔が惜しげもなく使われるのは少々こたえるけれど、手のひらを真っ赤にしながらご飯を握らなくて済むし、食べる時も、ぼろぼろとご飯粒や具がこぼれることがなく、とても食べやすい。私は、半分に切ることもなく、そのままラップなどに包んで持っていく。

大体いつもお昼前後に出発する列車を選ぶので、朝食と昼食を兼ねた一日の最初の食事は列車の中で食べることになる。さっそく、列車が動き出すのを待って、オニギラーズに手を伸ばした。臭い、と苦情が出るのではないかとハラハラしながらアボカド納豆のオニギラーズをかじったが、結果的には全く問題なかった。ヨーロッパの美しい街並みを眺めながら、しかも大好きな納豆が食べられるなんて、至福である。

自分の席でお弁当を食べてから、食堂車に行ってコーヒーを飲むのが、鉄道の旅の定番だ。日本の新幹線にはなくなってしまったけれど、ヨーロッパ版新幹線には、かなりの確率で食堂車が健在である。座席も広くとってあり、座り心地もよく、しかも、きちんと淹れたてのコーヒーを出してくれる。

香りのよいコーヒーを飲みながら、ポケットに忍ばせているチョコレートやビスケットをかじるのが、ひそかな私の楽しみだ。そうやって、景色を見たり、本を読んだり、うたた寝したりしているうちに、いつの間にか目的の駅に着いてしまう。ヨーロッパの鉄道の旅では、六時間くらい乗っていても、全然苦にならない。

今回は、ハノーファーで乗り換えだった。次に乗る列車が来るまで、一時間弱あるので、駅前の広場を散策した。中に一軒、タルトフランベを焼いてくれる屋台を見つけた。タルトフランベは、アルザスと南ドイツで食べられる伝統料理で、薄く薄く伸ばしたパン生地に、チーズやサワークリーム、ベーコンや玉ねぎなどをのせて焼いたもの。見た目こそ大きいけれど、ピザのような重たい食感はなく、本当に軽やかだ。

さっきオニギラーズを食べたばかりだしなぁ、でもそろそろおやつの時間ではあるし、と店の前を行ったり来たりしながら、やっぱりここで出会ったのも何かの縁だからと、もっともシンプルなタイプのタルトフランベを一枚と、赤ワインを一杯注文した。夫とふたり、外のベンチで競い合うようにして平らげた。

記憶に残るのは、案外、こんなふうに何気無く口にした食べ物だったりする。帰ってから、今回食べた中で何が美味しかったか尋ねると、夫は決まって、オニギラーズと答える。

3

三角すいのドーサ

ドーサとは、米と豆をすり潰して発酵させ、
カリッと焼いたクレープのような食べものだ。

インドに行ったことがある。血のつながらない三姉妹での旅だった。目的は、ずばりアーユルヴェーダ。南インドにあるホテルに滞在し、心と体を徹底的に癒すための旅である。

今思い出しても脳みそがとろけそうになるほど、その旅は、美味しく、楽しく、気持ちよかった。私は結局、空港との往復以外、ホテルの外へは一歩も出なかったはずだ。ホテルにいるスタッフがフレンドリーで快適なので、外に出る必要がなかった。インターネットもほとんど通じなかったし、日本から遠く離れて、自分の心と体を見つめることだけに集中できた。最高の日々だった。

朝は、夜が明ける前に目を覚ました。部屋はコテージタイプで、それぞれに一棟ずつ与えられ、三姉妹で横に並んでいた。お湯を沸かし、外のテーブルと椅子でお茶を飲みながら夜明けを待つ。鳥の声に耳をすましながらぼんやりしていると、隣のコテージの姉も起きてきて、一緒にお茶を飲む。そのうち、少しずつ空が白んできて、一時間も経つと、辺りは黄金色の朝陽に包まれている。そうなると、ヨガの時間だ。

植物が豪快に生い茂るジャングルみたいな一角に、そこだけ巨大な鳥かごのように金網が張り巡らされ、その中でヨガをし、瞑想をする。風を感じ、太陽の光を感じ、生きものたちの息吹きをすぐそばに実感する。

朝のヨガを終えたら、次は朝食だ。まずは親しくなったボーイさんに、ココナツミルクを頼む。そうするとボーイさんは、厨房に行ってわざわざココナツを絞って持ってきてくれる。これにハチミツを溶かして飲むのだが、これがまた、なんともいえず美味しいのである。缶詰のココナツミルクでは決して味わえない、甘くて爽やかな香りがたまらない。

じっくりとココナツミルクを味わったら、今度はシェフのところに行ってドーサを焼いてもらう。ドーサというのは、水を吸わせた米と豆をすり潰して発酵させた生地を薄く焼いたもので、カリッと焼いたクレープのような食べものだ。ピラミッドのような形のドーサにして、とお願いすると、愛嬌たっぷりのシェフが、三角すいの形をした見事に美しいピラミッドのようなドーサを焼いてくれる。その中には、スパイスで炒めたジャガイモが隠されている。形をくずして食べるのがもったいないくらい、ほれぼれしてしまう。

インド料理には、野菜がふんだんに使われるので、私にはとてもありがたかった。カレーといっても、日本人がイメージするルーを使ったカレーと違い、あっさりしているのだ。さらに主食も、北インドの小麦粉を使って焼いたチャパティやナンと違って、米が主流だ。ドーサにちょっとお醤油をかけて食べたのだが、相性がいいわけである。

そのホテルには、主にヨーロッパを中心に、さまざまな国の人たちが来ていた。ゴージャスなお金持ち御用達のホテルとも、バックパッカー向けの安宿とも違い、本当に居心地のいい清潔なホテルだった。ゲスト同士が仲良くなることもしばしばで、特にプールは、社交の場になっていた。

午後は、プールで過ごすのが日課だった。プールで泳いだり、木陰で昼寝をしたり本を読んだり、自由な時間を満喫する。おなかが空くと、朝食の残りの果物をかじったりした。

夕方からアーユルヴェーダを受け、少し体を休めたら、再び夕暮れのヨガをする。自分のためだけに時間を過ごすことが、どれだけ贅沢なことかを思い知った。そして、どれほど大切かということも。

晩ごはんは軽めにして、夜はぐっすりと眠る。食べたり泳いだりするだけで、特に何もしていないのに、一日があっという間に過ぎていく。

ある日の午後、プールのジャグジーに入っていたら、あるスイス人の女性から話しかけられた。なんとも不思議な、運命的ともいえるような出会いだった。彼女とは、今もメールのやり取りを続けている。

もしも、自分の人生があと数か月で終わることがわかったら、私は迷わず、あのホテルに戻って最期の日々を過ごしたいのである。

そして毎朝、あの美しいドーサを食べたい。

4

カトリーヌのスープ

その味をどう表現したらいいのか、
今でもよくわからない。

彼女は、派手な色の水着を着て、サングラスをかけてプールのジャグジーに入っていた。髪の毛は真っ白で、おかっぱ頭だった。一目見て、ヨーロッパのお金持ちマダムといった風情である。その彼女が、私に話しかけてきた。

「どこから来たの？」「日本からだけど、あなたは？」「スイスからよ」「へー、スイスかぁ。私、来月スイスに行くのよ」「あら、どうして？」「私、日本で本を書いていてね、それがフランス語に翻訳されたから、今度、ジュネーブで開かれるブックフェアに招待されたの」「えっ、そのブックフェア、知ってるわ！　私、毎年行っているんですもの」と、最初はそんな感じだった。

彼女の名は、カトリーヌといった。カトリーヌは、スイスからたった一人でやって来て、インドのホテルに滞在していた。正確な歳は忘れたが、そのときで九十歳くらいだった。

「一人旅なんて、すごいわね。パワフルだわ」。まだカトリーヌの抱えていた事情を知らなかった私は、笑顔でそう返した。すると、いきなり彼女が泣き出したのである。

実は、彼女はご主人を亡くしたばかりだった。確か、ほんの数週間前だったと記憶する。今回のインド旅行は、ご主人の死を受け入れ、傷ついた自らの心と体を癒すための旅だった。もともと友人と来る予定だったのだが、友人が急きょ来られなくなり、カトリーヌはたった一人でインドにやって来ていた。そして、私と会うまでずっと淋しかったのだと、泣きながら話してくれた。

私には、カトリーヌのご主人が、私とカトリーヌを引き合わせたように思えてならなかった。途中から、私も泣きながらカトリーヌの話を聞いていた。それが、インドのホテルのプールでの出会いだった。

それからは、カトリーヌと一緒に食事をし、午後はいつもプールで待ち合わせて共に時間を過ごした。カトリーヌはおしゃれで、ディナーのときは、毎回着替えて、すてきな服を着て現れた。そして、私にわかりやすい英語で話してくれた。私は、カトリーヌが大好きになった。若い頃は歌手をしており、ご主人は音楽プロデューサーで、二人で世界中をまわって民族音楽をレコーディングしたという。

カトリーヌは二十歳でご主人と結婚し、七十年間人生を共にした。それでも、もっと一緒にいたかったと涙ながらに訴えるのだ。カトリーヌとご主人との思い出は、世界中にちらばっていた。彼女の心は、本当に純粋で美しかった。

私たちは、その後すぐ、今度はスイスで再会した。彼女は、私の参加するジュネーブのブックフェアに来てくれて、私のトークショーを一番前の席で熱心に聞いてくれた。カトリーヌがいてくれたおかげで、私は緊張しなかった。

数日後、カトリーヌはローザンヌの自宅に私を招待してくれた。海を見渡すぶどう畑の中腹に、カトリーヌの家があった。庭には、カトリーヌが丹精込めて手入れをしている美しい花が咲き乱れていた。

部屋には、ご主人が世界中から集めた民族楽器が所狭しと置かれ、部屋そのものが、カトリーヌとご主人の宝箱のようだった。その部屋で、カトリーヌが昼食をもてなしてくれる。「エスカルゴ（『食堂かたつむり』）みたいじゃなくてごめんね」と言いながら、きれいな花がちりばめられたグリーンサラダや、酢漬けにした魚、自宅で焼いたパンなどを次々に出してくれた。

そして、最後にスープが出された。黄色い色で、上にローストしたかぼちゃの種がのっていた。

その味をどう表現したらいいのか、今でもよくわからない。苦いような、ちょっと舌が痺れるような味で、お世辞にも美味しいとは言えなかった。でも、これが今のカトリーヌの心の味なのだと思った。彼女の心の中の風景を垣間見たようで、それを思ったら涙が止まらなくなった。泣きながら、私はスープを飲み続けた。

スイスでは、美味しいものをたくさん食べたはずなのに、思い出すのは、決まってカトリーヌの苦いスープなのである。

5

ラトビアの
パンこね桶

冬菩提樹をくり抜いたパンこね桶は、
なめらかで、真珠のような淡い輝きを放っている。

私の家には、ラトビアでつくられた手づくりの品がたくさんある。木製のスプーンやヘラ、陶器、織物、カゴなどだ。どれも、ラトビアに暮らす職人さんが自らの手で生み出したものである。

ラトビアには手仕事の技が連綿と受け継がれており、今でも、生活雑貨の多くが人の手によってつくられている。昔から暮らしに根付く道具なので、とても使いやすい。そして、ラトビアの手仕事がすぐれているのは、使いやすい上に、見た目がとても美しいのである。

例えば、カゴ。柳の白木で編まれたカゴは、丈夫で軽い。私は、大、中、小と持っていて、大と中は、洗濯物を運ぶためのカゴとして、日々愛用している。木の持ち手がしっとりと手のひらに馴染み、毎回、そのカゴに触れると心にスーッとそよ風が吹き込むような感じがする。

そんなラトビアの手仕事が一堂に会するのが、民芸市だ。毎年一回、六月の最初の週末に、首都リガにある野外民俗博物館にて開催される民芸市に行くことを、私はここ数年、ずっと夢見てきた。

念願の民芸市は、想像をはるかに超えて楽しく、美しかった。会場である野外民俗博物館は広大な森で、そこには木々が生い茂り、木漏れ日がゆらゆらと風にゆれる。それぞれのブースには、丹精込めてつくられた品々がずらりと並び、しかもそれをつくった本人から直接買うことができるのである。スプーン一つとっても、自分の手にしっくり馴染むものを探す楽しさがある。そう、民芸市は宝物探しのワクワク感を思い出させてくれるのだ。

数多くの職人や作家たちが店を出す中、パンこね桶だけを並べるテントを見つけた。冬菩提樹の木をくり抜いてつくられたというそれは、表面がなめらかで、真珠のような淡い輝きを放っている。ラトビアには自然崇拝の風習が残っており、冬菩提樹は、女性を守る木とされているのだ。

これまで、昔から代々使われてきた年代物のパンこね桶は見たことがあるけれど、新しいものを見るのははじめてだった。実際にパン生地をこねる以外にも、果物を入れたりするのに使えそうである。中には人を乗せて運ぶ担架ほどの大きさのパンこね桶もあるが、現実的ではないので、もっとも小さいパンこね桶に的をしぼり、店主に声をかけた。重いのとかさばるのを覚悟の上で、ベルリンまで持って帰る気満々になっていた。が、遅かった。小さいパンこね桶はどれもすでに買い手が決まっているとのこと。すっかり、意気消沈してしまう。いつかまた、民芸市に行って、次回こそは一生物のパンこね桶を手に入れよう。それが私の、新たな目標になった。

結局、土曜日も日曜日も、二日続けて民芸市に行った。民芸市は、買い物を楽しむだけでなく、ラトビアの歌や踊りを見ることもできる。私は、ラトビア人の歌と踊りが大好きなので、それらを見ているだけで至福だった。ラトビアの子どもたちが天真爛漫に踊っている姿を見ると、私の目からは反射的に涙がこぼれ、止まらなくなってしまう。

さて、もうそろそろ民芸市を後にしなければならないという時間が迫っていた。そうなると、やっぱり気になるのはベーコンとソーセージの存在だ。前回ラトビアを訪れたとき、ほんの少し買ったそれらが、思いのほか美味しかった。ラトビア人にとっては、特別な御馳走である。

ラトビアに根付くこの燻製文化は、本当に世界に誇れる素晴らしさだ。ベーコンもソーセージも保存食なので、しっかりと中まで燻製してある。だから、食べるときは火を通す必要がなく、そのまま切っていただくことができる。

切り分けてしまうとそこから傷むので、ベーコンもソーセージも丸ごと買う方がいいのだが、そうするとかなり重くなる。ベーコンのひとかたまりで五キロ弱、ソーセージも長さにすると一メートルくらいあり、ベーコン同様ずっしりと重い。この先も旅が続くことを考えると我慢した方が賢明だろうとわかってはいたものの、一口味見をさせてもらったら、もう買わずにはいられなかった。

数日後、ベルリンのアパートに帰ってから、すぐに小分けにして冷凍した。切れ端をつまむと、やっぱり美味しい。お土産として友人に配ったり、自分でワインのおつまみにしたりするうち、あっという間になくなってしまった。パンこね桶は手に入れることができなかったけれど、その分、私は思う存分ラトビアの味を堪能することができた。

今となっては、もっと買ってくればよかったと後悔するほど。あの味を思い出すだけで、うっとりと夢見心地になるのである。

6

市場の
おいしいもの

外国でどうしても行きたくなるのが市場だ。

外国に行くと、どうしても行ってみたくなる場所がある。市場だ。旅先で生鮮食料品を買うことは難しいし、言葉も通じない場合がほとんどだけど、それでもその町の、そこに暮らす市井の人々が日常的に買い物をする場所を訪れるのは、外国を旅する際の大きな喜びのひとつである。市場をのぞくと、その町の人たちの本質が見えるようで、愉快な気分になるのである。

ラトビアの首都、リガにも、市民が誇る立派な市場がある。中央市場と呼ばれ、市民に愛されているこの市場は、ヨーロッパ最大級とも言われている。建物はかつて、飛行船を収納するための格納庫として使われていたそうだ。リガ駅からもバスターミナルからも近く、いかに市民の暮らしに密着しているかがうかがえる。巨大なかまぼこ型の建物が五つ並ぶ姿は、圧巻だ。

まずは、生肉館に足を運ぶ。生肉館だけは、他の四棟とは向きが異なる。一九四〇年頃には駅の線路とつなぐ計画まであったそうで、その証拠に、生肉館の屋上にはプラットホームがすでに完成しているとのこと。実現していれば、駅と市場が直結する、世界でも稀に見る便利な市場になっていたのだろう。

生肉館は、朝の七時半から開くそうだ。そして、それぞれの肉屋さんは、その日の早朝にしめられて運ばれてきた枝肉を、市場の中で小分けにする。だから、店の一角には、斧やノコギリが並ぶ。

ショーケースには、新鮮な肉がずらりと勢ぞろいしていた。精肉だけでなく、内臓も無駄にすることなく美しく並べられている。つやつやと内側から輝くような色を見れば、いかに新鮮かがよく伝わる。市場というと、時に雑多で衛生的に首をかしげたくなるような場所もあるけれど、このリガの中央市場においては、生肉館に限らず、どこもとても清潔で、通路も広々とってあり、快適だ。

生肉館の中に入っているビール屋さんではちみつビールを買い、飲みながら歩いた。ほんのり甘くて、ほんのりすっぱい。一年前、夏至祭の時にふるまわれていたのが、このはちみつビールだった。

はちみつビールを片手に、乳製品館へと移動した。ここには、ありとあらゆる種類のチーズが売られている。よく食卓に登場する凝乳もあった。凝乳は、カッテージチーズになる前のチーズで、ラトビア人は、この凝乳を本当によく食べる。

乳製品館の隣にはパン館が、パン館の隣には野菜館があり、野菜館の隣には魚館がある。魚館は、ダウガバ川から続く運河のすぐ横だ。もっとも運河に近い場所にあるのは理にかなっており、その日の朝バルト海でとれた新鮮な魚が、市場の開店時間までに並べられるのである。

魚館はまるで、魚の博物館のようだった。ヒラメやイワシ、タラ、ニシン、サケ、マス、コイなど、日本人にもなじみの魚の他、ナマズの燻製、ヤツメウナギのゼリー寄せなど、すぐには味の想像がつかないものまで、ありとあらゆる種類の魚が並んでいる。

ヨーロッパの市場ではたいてい肉が主流だが、リガの中央市場では、肉に負けず劣らず魚も幅をきかせている。はじめてラトビアを訪れた時、川魚はちょっと、と敬遠してしまったけれど、ラトビアの川魚は臭みもなく、すんなりと抵抗なく食べられた。とりわけ、夏のカワカマスは絶品である。

ラトビア人はよく、自分たちの食生活に関して、美食ではないと口にする。かつては皆が農民で、食事にまで気がまわらなかった。自分たちの身近にある体にいいものを素早く調理することを最優先してきたから、食にはこだわりがないと卑下するのだ。

けれど、飽食になった今、ラトビア人の食生活こそが、美しく、理想的であるように思えてならない。質素だけれど、決して禁欲的になりすぎないラトビアの食卓は、いつも大切なことを思い出させてくれる。

中でも特に好きなのが、ゼルニと呼ばれる、赤えんどう豆の煮込み料理だ。ラトビアでは、赤えんどう豆をことのほかよく食べる。ゼルニは、赤えんどう豆と豚の脂を合わせて煮込んだもので、基本的には冬の食べ物だというが、どこで食べたゼルニも奥深い味わいで、しみじみと懐かしい気持ちに包まれた。日本人のつくるおふくろの味にも通じるような、素朴だが滋味たっぷりのごちそうである。

冬は燻製にしたソーセージやベーコン、干した魚や豆類を食べ、春になったら森でつんだベリー類を尊び、夏は新鮮な魚や肉を堪能し、秋には森のきのこを食卓に並べる。自然の恵みに感謝しながら、足るを知り、謙虚に生きるラトビア人は、やっぱり私の人生の、究極のお手本なのである。

7

エストニアの魚のスープ

緊張をふわりと和らげる、魚のスープ。

その日は、見事なまでの青空だった。真っ青な空には、綿菓子のような白い雲がのどかに浮かび、その下には輝くような黄色い菜の花畑が、どこまでもどこまでも続いている。夏至を数週間後にひかえた初夏のある日、エストニアの東部にある、セト地方を訪ねた。セト出身の人たちは、自分たちを、誇りを持ってセト人と呼ぶ。セトには、エストニアでもロシアでもない、独自の文化がある。

セトを語る上で、ロシアの影響を無視することはできない。なにせ、ロシアと国境を接しているどころか、セトのうち四分の三はロシア領になっているのだ。車やバスで通過することはできても、セトの住民でさえ、ロシア側のセトを訪問するにはビザがないと立ち入れないのである。

ロシアとの国境と聞いて背中に緊張が走ったものの、当のセトの人たちは、存外のんびりと構えているのが印象的だった。曰く、ロシアは隣人であり、お互いにお互いを必要としているとのこと。それを証明するように、セトの人々の暮らしには、ロシア正教が深く根付いている。

セト地方を案内してくださったヘレンさんは、もともとはセトの出身ではなく、結婚してセトにお嫁に来たそうだ。セトには強烈な方言があり、まずは言葉の違いに戸惑ったという。けれど、そんな彼女が今ではセト地方を代表する、頼もしい案内役を担っている。

昔ながらの造りの農家で、伝統的なセト料理のお昼ご飯をいただいた。折しもお祭りを前にして、家の玄関にはシラカバの枝が立てかけてある。

中に入ると、亜麻織物の民族衣装を着た風格のある家主から、お酒をふるまわれた。これは、ハンチャと呼ばれる手づくりのお酒で、ライ麦からつくられているとのこと。ハンチャは歓迎の証で、その後、幾度となく盃が回ってきた。一つの盃を、みんなが交代して飲むのである。

ラトビア人同様、エストニア人にとっても、やはり黒パンは特別な食べものである。そしてここセトでも、うっとりするような黒パンとの出会いがあった。細長い、ドイツのシュトレンを連想させるような黒パンはもちろん自家製で、イースト菌ではなく、天然酵母によって発酵させたものだ。まだほんのりと温もりを残す黒パンは、噛むとモチモチした食感で、それだけで立派なご馳走になる。ネギ入りのサワークリームをたっぷりつけていただくのが、セト式の食し方だ。

その日のメインは、魚のスープだった。このスープが、驚くほど日本の味に近い。肉と魚、両方を入れて出汁をとっているというのだが、カツオに似た風味があり、まるで日本にいるような気分になる。肉と魚を両方スープに入れるのは、エストニアでもセト地方だけとのこと。干し魚やベーコン、烏賊、じゃが芋、人参、大麦などが入った具だくさんのスープは、さながらセト版豚汁のようで、旅先にいるという緊張をふわりと和らげてくれる。魚のスープと黒パンだけで、もう十分おなかが満たされた。

食後、セト地方の歌と踊りを見せてもらう。昔は、自分でつくった歌をうたっていたそうで、今でも上手な歌い手は、ただ同じ言葉をくり返すのではなく、臨機応変にその場の状況に合った言葉を選び、瞬時にうたい上げるそうだ。みなさん、白い亜麻に赤い糸で刺繍の施された民族衣装に身を包んでいる。一見どれも同じように見えるけれど、友人や姉妹、近所の人と競い合うようにして手作りされた衣装はそれぞれ柄が微妙に異なり、全く同じ民族衣装は存在しないとのこと。白と赤の組み合わせが、セト地方の伝統的な色使いとなっている。

ラトビアの歌と最初に出会った私にとって、セト地方の歌声は、少し物悲しいように感じた。結婚式にうたわれるという歌も、旋律はあくまで暗く、重苦しい。理由を聞いて納得した。昔は、結婚すると自分が生まれ育った家を離れなければならず、家族と離れ離れになることは、花嫁にとって大きな悲しみを伴うものだったというのだ。本当は別の人と結婚したかったのに、という内容の歌もあり、結婚が、いかに人生における大きな試練だったかを教えられた。もちろん今はそんなことはなく、エストニアでも恋愛結婚が主流になっているけれど。

翌日、地元のロシア正教会を訪ねると、一年でもっとも大事だというお祭りが行われていた。小雨の舞う中、それぞれの家のお墓に食べものを持ち寄り、会食を楽しむのだという。料理を見せてもらうと、まるで日本のおせち料理のようだった。亡くなったご先祖様たちと穏やかに交流する姿は、慈しみにあふれ、セト人の深い優しさを静かに物語っていた。

8

週末オープンする田舎のカフェ

泊まれる場所もあるし、広大な畑も、森もある。

夏の終わりの日曜日、ベルリンに住んでいる友人ふたりと、遠足に行くことになった。目的地は、以前から行きたいと思っていた、週末だけオープンする田舎のカフェである。

そのカフェの何がすごいかというと、交通の便が驚くほど悪いのだ。もちろん、車を使えばベルリンからアウトバーンで一時間ほどで着くらしいが、私たちに車という選択肢がない以上、公共交通を使ってなんとかたどり着くしかない。

去年一度行こうとした時は、村の人で駅に用事のある人がいないか聞いてくれて、もしいれば車に乗せてもらえるという話だった。けれど、あいにくそういう人が現れず、カフェ行きは実現しなかった。最寄駅から予約制の乗り合いバスに乗るという手段もあるが、予約が定員に満たないと運行しないとかで、あてにならない。駅前にレンタサイクルは？　と聞いたら、そういうのもない、とのこと。結局もっとも確実なのは、ベルリンから自転車を持って列車に乗り、最寄駅から自転車を漕いで行く方法だった。

ドイツは、自転車天国である。多くの人が、自分のとっておきの「愛車」を持ち、大切にしている。トラムや地下鉄にも、簡単に自転車を載せることができる。

ただ、私は今まで、そんな姿を指をくわえて見ているだけだった。自転車に乗りたいという願望はあったが、結構みんな飛ばすし、車と一緒に走行するのが怖くて、まだ一度もベルリンで自転車に乗ったことがなかった。そんな私が、ついに、ドイツで自転車デビューすることになったのである。前日、近所でレンタサイクル店を見つけ、少し練習してから本番に備えた。

まずはベルリンから列車に乗って一時間ちょっと。降りた駅は無人駅で、プラットホームには草が生い茂っている。あやうく、そこが駅とは思わずに降りそびれそうになった。比喩ではなく、本当に何もない駅なのだ。しいて言えば、野良猫たちがのんびり日向ぼっこをしているくらい。ここから、自転車でカフェを目指し、いざ出発。目的地までは、十四キロだ。

想定外だったのは、道の起伏がかなり激しかったこと。ドイツは基本的に平坦な地形のはずなのだが、坂をのぼったかと思えばまた下り、の連続である。体力に自信のあるメンバーはいないので、とにかく休み休み、安全運転でサイクリングを楽しんだ。

森の中を抜け、湖のほとりで立ち止まる。まだグレーの雛を含む白鳥一家の水浴びの様子を眺めたり、途中の野原でハーブを摘んだり、丘のてっぺんで大声を出したり、カフェに着くまでの道のりがすでに楽しい。車だったらびゅーんと一瞬で通り過ぎてしまう場所も、自転車ならすぐに立ち止まって目の前の風景を存分に味わうことができる。そんな訳で、カフェにたどり着いたのは、駅を出てから二時間近くも経ったお昼時だった。

それでも、大変な思いをしてでも十分におつりがくるほど、雰囲気のいいカフェだった。カフェをやっているのはふたりの日本人で、彼女たちは平日はベルリンで仕事をし、金曜日から田舎に来て週末を過ごし、日曜日の夜、カフェの営業を終えたらまたベルリンに戻るとのこと。カフェを開く夏いっぱいは、そういう暮らしを続けているのだとか。

古い建物を上手に活かし、庭も本当に素敵だった。子どもを連れた地元の人たちがひっきりなしに訪れ、穏やかで平和な空気に満ちていた。なんて美しい空間かと、幾度も幾度もため息がこぼれる。

三人でワインを飲み、カレーを食べ、デザートのケーキをつまみながらコーヒーを飲む。他にも、おにぎりなど、日本人ならではのメニューが並んでいる。このカフェのオーナーは映画を作っている人で、自分たちもカフェの二階に住んでいる。そして、私たちがサイクリングを出発したあの無人駅も持っているのだという。きっといつかあの駅も、素敵な空間に生まれ変わるのだろう。

同じ敷地には、泊まれる場所もあるし、広大な畑も、森もある。今度はぜひ、泊まりがけで遊びにきて、湖で泳いだり、木陰で本を読んだり、ハンモックで昼寝をしたり、もっとのんびりしたいと思った。キャンプだって、夢じゃない。

喜びや楽しみは、誰かから与えられるものではなく、自分で探し、自ら生み出すものだということを、私は帰りの上り坂で必死にペダルを漕ぎながら強く感じた。自転車一台が、これほどまでに世界を広げてくれることが驚きだった。

往復二十八キロ、約四時間のサイクリングは、素晴らしい気づきを与えてくれたのである。

9

アーティチョークのオムレツ

中央が窪んでいて、
アーティチョークがのっている。

フィレンツェにおいしいトラットリアがあるという噂を聞きつけた。調べると、ホテルからも歩いて行けそうだ。

お昼になるのを待ち、いそいそと外出する。いかにもフィレンツェらしい細い路地の向こうに、どうやらそれらしき看板を発見した。けれど、甘かった。

ランチだから予約なしでも入れるだろうと、タカをくっていたのだ。店はすでに満席で、みなさん、お昼から幸せそうにワインを飲み、食事を楽しんでいる。雰囲気は百点満点だ。ここは絶対に自分の好きな店に違いない、という直感がビビビと走った。

肩を落としたのも束の間、勝負に出た。明日の夜なら、まだ予定を変えることができる。もし空いていたら、この場で予約をお願いしよう、と。そして奇跡的に、次の日の夜の予約を取ることに成功したのである。

後から知ったところによると、このトラットリアは地元の人たちからも本当に愛されている店で、私たちが訪れた少し前まで、長い夏休みを取っていたという。だから、普段でも混んでいるのに、休み明けともなれば、常連客が手ぐすねを引いて待っている時期だったのだ。

ランチの当てが外れた私たち三人は、とりあえずタクシーで中央市場まで連れて行ってもらうことにした。中央市場に行けば、二階にフードコートがあって食事ができる。でもなぁ、と私は冴えなかった。というのも、中央市場の近くに一軒、行きたいと思っていた食堂があったのだ。けれど、ランチはさっきのところで食べる気満々だったから、何も情報を持たないで出てきてしまった。住所も、電話番号も、ついでに店の名前すらわからない。記憶にあるのは、本に載っていた外観の写真だけ。

まぁ、今回は諦めるしかないな、と自分に言い聞かせ、タクシーの窓から外を眺めていた時だ。あれ、もしかして、これは、という店の前を通りかかった。慌ててタクシーを止めてもらう。小さなドア、看板の文字、ガラスに貼られたたくさんのシール。そこはやっぱり、私がガイドブックを見て行きたいと思った店だった。なんという、幸運！

昼間から豪快にワインを飲んでいる地元のおじちゃんたちに交じって、私たちも勢いよく料理を頼んだ。ワイワイ、ガヤガヤという表現がぴったりなそこは、日本でいえば築地市場の場外食堂。食材はどれも新鮮で、量もたくさん。しかも安い。注文するそばから、続々と人気のメニューが売り切れていく。ギリギリ、好物のカラマリが注文できて嬉しくなる。食後、満腹のおなかをさすりながら中央市場を散策し、デザートとコーヒーでしめ、その日のランチは完結した。

さて、次の日の夜。満を持してトラットリアへ向かう。ドアを開けた瞬間、高揚感に包まれた。白いテーブルクロスに、白いタイル。壁にかけられたたくさんの絵。そして、ちらちらと見える厨房を行き交うおなかの大きなコックさんと、愛嬌たっぷりのホール係。何もかもが、私好みである。ワインだって、赤、白一種類ずつしかないのが、なんとも潔いではないか。

料理は、ブロード、アーティチョークのオムレツ、バターチキンソテー、フィレンツェ風Tボーンステーキ、グリーンサラダと生の白インゲン豆のオリーブオイルがけを頼む。

中でも驚いたのは、アーティチョークのオムレツだった。いまだに、何をどうしたら卵があんな姿のオムレツに変身するのか、わからない。丸くかたどったようなオムレツの中央が窪んでいて、そこにソテーしたアーティチョークがのっているのだが、オムレツが薄い層を何枚も重ねたようなつくりになっていて、火加減が絶妙なのである。オムレツを崩し、アーティチョークをつけて食べると、口の中で卵がとろりと溶けて、それはそれは絶品だった。願わくば、三人でシェアするのではなく、一人で一皿全部を平らげたいと思うほど。

炭火で焼いたTボーンステーキもおいしかったが、私はもしどちらかのメイン料理を選ぶなら、バターチキンソテーを選びたい。たっぷりのバターで鶏肉をソテーした、というか揚げたとてもシンプルな料理ながら、そこには長年作り続けられてきた確固たる自信と歴史が凝縮されていた。

さて、私がもっとも心をときめかせたのは、デザートのメレンゲである。メレンゲをあしらったケーキの周りに、これでもかというくらい新鮮なラズベリーがのせられていて、乙女心を大いにくすぐられてしまった。絶対にまた来るぞ、と鼻息を荒くしながら店を出た。

10

プロヴァンスのアーティチョーク

羽の生えているような軽やかな味で、
毎日でも食べたい。

南フランスのビオットという小さな村に、とても好きな宿がある。初めて訪れたのは、もう二十年以上も昔で、その時私はひとりで南仏を旅していた。雑誌の編集プロダクションに転職したものの、わずか数か月で担当していた雑誌が休刊となり、お役御免を言い渡された時だ。南仏ひとり旅は、その記念というか、今までの自分の人生をリセットする旅だった。ニコンのF3を首からぶら下げ、スーツケースにはたくさんのフィルムを入れ、出会った風景や人々を片っ端から写真に撮っていた。

その宿の情報は、『地球の歩き方』というガイドブックの片隅に載っていた。当時から私は、ニースやカンヌといった大都市よりも、鷹ノ巣村と呼ばれる、南仏に点在する小さな村に心を惹かれた。その頃の評価で、一つ星のホテルだった。建物が古く、ホテルとしての設備が整っていない、という理由からだった。

ただ、そんな一面的な評価など一瞬で吹き飛んでしまうくらい、その宿にはたくさんの宝物が眠っていた。アーティストに部屋を貸し出すうち、彼らが家賃の代わりとして作品を置いていったのだ。

部屋には、さりげなく一流の画家の作品が飾られ、廊下や食堂などいたるところに芸術作品があふれている。建物そのものが私設美術館のようで、近現代の芸術作品がここかしこにちりばめられていた。アートの専門知識など何もない私でも、この宿には何か特別な磁場があると感じた。

やがて評判を呼び、国内外から名だたるアーティストが泊まりに来るようになったという。この宿で生まれた作品は数え切れないほどあり、その一部は、宿の地下にある秘密のギャラリーに収められている。

さらに、この宿の魅力はそれだけにとどまらない。レストランで出される料理が、ものすごく美味しいのだ。気取ったところなど何もない田舎風プロヴァンス料理だが、野菜がふんだんに使われ、色彩が鮮やかで、自分が思っていたフランス料理のイメージが根底から覆された。画家の作品でたとえるなら、シャガールの絵。料理の背中に羽が生えているような軽やかな味で、こういうフランス料理なら、毎日でも食べたいと思った。

その後、夫を連れて、今度はふたりでその宿に宿泊した。私たちはその宿を、「シェパードのいるホテル」と呼んでいる。なぜなら、立派な体躯のシェパードが、常に宿のオーナーであるお父さんの後を付いて回っていたからだ。注文を取る時も料理を運ぶ時も、お父さんとシェパードは常に一緒だった。

その宿を、この冬、二十数年ぶりに訪れた。残念なことにお父さんは先週、亡くなったばかりだという。晩年は糖尿病を患い、毎日、注射を打ちに看護師さんが来てくれたのだが、シェパードはその度に、お父さんを守ろうとして吠えていたそうだ。そのシェパードもまた、お父さんが旅立つ少し前に亡くなったそうだ。

私が二十年以上も前に来た時からずっと生きていたということだから、大型犬としてはかなり長生きしたことになる。きっとお父さんとシェパードは、互いに互いを必要とする、人生の伴侶のような関係だったに違いない。

朝、厨房から響く活気のある音とコーヒーの香りで目が覚めた。部屋を出て下に降りて行くと、近所の人たちが、カフェオレを飲んだりクロワッサンをかじったりしている。その一角で、マダムが熱心にアーティチョークのガクの処理に勤しんでいた。未亡人になってまだ日が浅いというのに、もう働いている。

長年、夫と共にこの宿を切り盛りし、美人で評判だった看板マダムだ。彼女に会いたくてはるばるやって来る客も少なくなかったと聞いた。ほとんど民宿と変わらない宿であるにもかかわらず、今でも、そうそうたる有名人やアーティストがやって来る。先週も、フランスを代表するとあるファッションデザイナーが、夫を亡くしたマダムを慰めるために泊まりに来ていたそうだ。常連客から差し出された葬いの花束を、マダムは前向きな言葉と共に受け取っていた。

お昼、そのアーティチョークを使った料理をいただいた。生のアーティチョークを薄く切り、その上からアンチョビソースをかけた前菜は、確かに二十数年前にも食べた味だった。アーティチョークは、よくプロヴァンス料理に登場する。独特な香りのある野菜で好きなのだが、あんなふうに手間のかかるものだとは知らなかった。

お父さんとシェパードの冥福を祈りながら、滋味深い味をかみしめた。

11

南仏のキャビア

薄く焼いたパンケーキにのせ、
ほんの少しレモンをしぼって食べるのだ。

今でも思い出すと笑ってしまうのだが、南仏の美しいホテルで、大失敗をしたことがある。それは、夫と結婚する少し前、ふたりで婚前旅行に出かけた時のこと。その前に南仏をひとりで旅した時よりは、少し贅沢な旅を計画していた。夫にとっては初めてのフランス、初めてのコートダジュールである。

そのホテルは、知る人ぞ知るホテルで、写真を見て以来、一度でいいから泊まってみたいとあこがれていた。その念願がようやく叶い、宿泊の機会を得たのである。当時はまだインターネットでの予約などできなかったから、日本とフランスで、何度もファックスのやりとりをした。

季節は、秋だったか、冬だったか。ホテルの中庭にプールがあって、寒いのに宿泊客のおじいさんが泳いでいたことを鮮明に覚えている。そのホテルは、ピカソとも縁のあるホテルで、寒いのにプールで泳ぐその人の姿が、私にはピカソと重なって見えたのかもしれない。私たちの部屋は、そのプールに面していた。

部屋には、本物のピカソの絵が飾られていた。ニースやカンヌの海沿いにあるこれみよがしにゴージャスなホテルとは違い、素朴だけれど良質な調度品が置かれ、灰皿のひとつに至るまで、センスが光っている。その部屋にいるだけでうっとりしてしまうような魔法にかけられ、当時二十代だった私は、身も心もとろけそうだった。ただただその場所にいるだけで気持ちが良くて、夕飯までは部屋から一歩も出ずに過ごした。

スペインほど遅くはないが、フランスもまた、ディナーの開始は八時くらいが相場である。静かに時が過ぎるのを待ってレストランに向かうと、これまたたくさんの美しいものに囲まれた席に案内された。ただ、堅苦しい雰囲気は微塵もなく、スタッフも気さくで、いい意味でこなれていた。ゲストが増えるに従ってレストランには賑やかな会話があふれ、そこここから笑い声が響いた。

メニューの中から、最初にそれを見つけたのは私である。

「あ、さすがフランスだねぇ、キャビアがあるよ」

「ほんとだ、しかも安くない？」

「そう？」

「だってさ、50ｆって書いてあるよ」

そう、その頃はまだユーロが導入される前で、フランスの通貨はフランだったのだ。

「日本じゃ絶対にこの値段でキャビアなんて食べられないから、食べよう」

言い出したのは、食いしん坊の夫。

「そうだね、せっかくだからさ、安いしひとりひとつずつ取ろう」

私も加勢し、結局、私たちは前菜に計ふたつのキャビアを注文した。当時は、確か一フランが二十円前後だったと記憶する。

「美味しい！」

「最高だね。やっぱりキャビアとシャンパンは合うね」

すっかりご満悦になった私たちは、スプーンに山盛りにしてキャビアをすくった。キャビアとゆで卵の相性は絶妙で、それを薄く焼いたパンケーキにのせ、ほんの少しレモンをしぼって食べるのだ。

「こんなに手軽に食べられるのに、どうしてみんなキャビアを食べていないんだろうね」

不思議に思って、私は言った。全く、呑気なものである。そして、ひとりひとつずつキャビアを頼み、シャンパンを飲んでいる日本人カップルの姿を、周囲の人たちは奇異な眼差しで眺めていた。

レストランでの食事を終え、部屋に戻ってからも夢の続きを貪って、朝はフランス式の朝食プティデジュネを味わった。何もかもが完璧で、私は南仏にあるこのホテルの魅力にのぼせ上がっていた。

夢から現実へと引き戻されたのは、チェックアウトの時。言い渡された金額が、やけに高いのである。明細を見て、目玉が飛び出た。なんと、私たちが「50f」と思っていたキャビアが、実は「50g」の間違いで、値段は時価だったのだ。ふたり分のキャビアで、ゆうに部屋代を超えている。けれど、どんなに騒いだところで後の祭り。高額なキャビアは、私たちの胃袋へ、とっくに収まってしまっている。

後から思えば、そんなに安い値段で、高級食材のキャビアを食べられるはずがないのだ。冷静に考えれば当たり前のことなのに、私たちはふたりとも判断能力が鈍っていた。

この事件以降、フランス人の書き文字には気をつけるようになった。特に「g」と「f」は似ているので要注意だ。そのおかげで、生涯でたった一度の贅沢を味わうことができた訳ではあるけれど。

12

フランスのパスタ

ムール貝のクリーム煮、フィッシュスープ、
そして、一か八かの賭けで
シーフードパスタを頼んだ。

料理には、常々二種類あると思っている。ひとつは、頭で食べる料理。そしてもうひとつは、体で食べる料理だ。私が好きなのは、断然後者の方である。

でもたまに、頭で食べる料理に遭遇する。南仏旅行の最終日に泊まったホテルのレストランが、まさにそういう味だった。

場所は、エズと呼ばれる崖の上にある小さな村。コートダジュールの海を真下に眺めるような絶好のロケーションで、ホテルの部屋も申し分ない。夏は、海を見ながら外のテラスで食事ができるような、とてもロマンティックな環境だ。

そのレストランで、七皿からなるコース料理をいただいた。最初は、卵の殻を器に見立てた、卵とクリームを使った料理が出された。

確かに、どの料理も手が込んでいて、見た目にも美しく、美味しかった。けれど、後から旅を振り返って思い出そうとしても、その時、何を食べたのか、思い出せないのだ。総じて、美味しかった、という通り一遍の記憶はあるが、では、何がどう美味しかったのか、を掘り起こそうとすると、何一つ印象に残っていないことに愕然としてしまうのである。

こういう感覚、他にもあったな、と記憶を探ったら、それは結婚式の料理だった。そう、南仏旅行の最後の晩にレストランで食べた料理は、結婚式に出されるフルコースの料理と似ている。量はたくさん食べたはずなのに、どうもまだ胃袋のどこかに隙間があって、空虚感が残っている感じ。きっとそれは、胃袋に隙間ができているのではなく、心が満たされていないのだろう。いくら頭で、美味しいと思いながら食べても、体は正直に反応する。「裸の王様」みたいなもので、頭の方はがんばって美味しいと思おうとしているけれど、体は、本当に美味しいですか？と疑問を投げかけている。値段が高かったり、人気店だったりすると、悔しいから余計にその作用が働く。

最終日に泊まったそのホテルは、レストランも含めて、別に嫌いではないけれど、また訪れたいと思うような感じでもなかった。けれど、それで南仏旅行が幕を閉じるのはちょっと切ない。

というわけで、ホテルでの朝食はキャンセルし、ニースに出て、昼食を食べてから空港へ向かうことにした。泣いても笑っても、南仏で食べられる食事はこれが最後だ。

実は以前、夫と南仏を旅した時、苦い思いをしたことがある。夫は無類の麺好きで、うどんや蕎麦など、一日一食は麺類を食べないと気が済まない人間だ。その夫が、南仏に来て、パスタを食べたいと言い出したのだった。

夫曰く、ここはイタリアのすぐそばだから、パスタだって美味しいに違いない、と。夫よりも少しフランスの食事情を知っていた私は、そんなことはあるまい、と思ったが、夫がどうしても食べたいと言い張るので、Ｍｅｎｔｏｎという町に行った際、仕方なくパスタを注文した。Ｍｅｎｔｏｎは、まさにイタリアとの国境である。

パスタを注文し、奥からチンという音が聞こえた時点で私は嫌な予感がしたのだが、出てきたパスタを見てその予感が的中したことを悟った。皿に大盛りのパスタは、アルデンテという言葉にはほど遠く、あらかじめ茹でてあったものを電子レンジで温めただけの代物だった。麺はすっかりふやけていて、私は未だかつて、あんなに悲しい味のするパスタを食べたことがない。いくら場所がイタリアに近いからといって、フランスはフランス。イタリアは、イタリアなのだ。

さて、南仏での最後のランチを食べるため、目星をつけていたブラッセリーに入った私たち。その店は、新鮮な魚介類を食べるならそこ、と友人に教えてもらった店だった。

見ているとどうやら、観光客は少なく、地元の人たちが食べに来ている。ということは、期待できるという証だ。

ベルリンにいるとなかなか海の幸が食べられないので、ここぞとばかりにシーフードを注文した。まずは生牡蠣に始まり、ムール貝のクリーム煮、フィッシュスープ、そして、一か八かの賭けで、シーフードパスタ。十数年前の苦い記憶が甦るが、やっぱりパスタが食べたいと、夫が涙目で訴えたのだ。不安を抱えつつフォークにからめて口に運んだパスタは、見事にアルデンテで、結果としてシーフードパスタがいちばん美味しかった。これこそ、体が喜ぶ料理である。

時代は変わる。

フランスでも、美味しいパスタが食べられるようになったことを、心の底から喜んだ。

13

オセールの
アスパラガスのスープ

濃厚すぎずさらりとしていて、
春の喜びをひしひしと感じさせてくれる。

フランス中央部の小さな街、オセールで開かれる文学祭に招待された。オセールは、パリから電車で一時間半ほど南東に行ったところにあるブルゴーニュ地方の中心都市で、とても古い歴史を持つ。街の顔とも言えるヨンヌ川は、やがてセーヌ川と合流する。

これまで、パリには数えきれないほど行っているし、何度か南仏旅行もしたことがあるけれど、オセールには足を運んだことがなかった。というか、オセールという街の名前自体、知らなかった。

私がお邪魔したのは五月で、新緑が、自らひかりかがやくような美しい季節。その日のお昼まで滞在していたパリの喧騒に少々疲れていた私は、オセールの穏やかな時間の流れに身を預けた瞬間から、心の窓が開放された。今日は日曜日だったかな？　と勘違いするくらい、とても大らかな空気に満ちていた。

街の規模も、ちょうどよかった。大きすぎず、かと言って小さすぎない。観光客向けの土産物店が軒を連ねるという光景もなく、そこには地元の人たちの等身大の暮らしがある。知れば知るほど、歩けば歩くほど、オセールが好きになった。とても風通しの良い街なのだ。

文学祭を主催するのは、オセールで本屋さんを経営する情熱家の若き男性で、海外文学に焦点をしぼり、毎年、世界中から自分の好きな作家を数名だけ招待し、五月の週末の三日間、文学祭を開いているという。今年は、韓国、カナダ、チュニジア、メキシコ、日本などからそれぞれ作家が招待された。日本人の作家として参加するのは、私が初めてだという。

会場は、かつて修道院として使われていたとても趣のある建物で、広い中庭にはたくさんのデッキチェアが並べられ、人々はおもいおもいに、日光浴をしたり、本を読んだり、昼寝を楽しんだりしている。作家によるトークショーやイベント、サイン会も堅苦しい雰囲気は少しもなく、そこここに笑顔があふれていた。

私も、ふだんは滅多に会うことのない海外の読者と直接会って話をする、本当に素晴らしい機会を得た。はるばる海を越え、異国の地にまで、ちゃんと物語が届いている。そんな現実を目の当たりにし、ご褒美をいただいた気分だった。

それにしても、オセールでは、何を食べても、おいしい。お昼は元修道院の中庭にテーブルを並べ、参加者みんなでフランス版お弁当をいただくのだが、どの料理もとても丁寧に作られていて、洗練されている。フランスなので、当然のごとく、お昼から盛大にワインがふるまわれ、太陽の下、賑やかに飲んで、食べる。

これが、フランス人の生き方なんだな、と私は大いに納得した。禁欲的に自分を戒めるのも時には必要だけれど、自らの欲望に正直に向き合って生きることもまた大切なのだということを、美しいオセールの光が教えてくれた。人生の喜びをとことんまで味わい尽くそう、というフランス人の生き方には学ぶことがたくさんある。

ランチでこれなのだから、ディナーとなるとさらに深みを増す。毎晩、地元のレストランで、主催者と作家らの親睦の場が設けられる。ただ、開始時間が八時半や九時になるので、そうすると終わるのも深夜。延々とディナーが続くのである。

オセールはエスカルゴの名産地だと聞き、人生初のエスカルゴにも挑戦した。専用の道具で殻を挟んで身を取り出し、おそるおそる口に含む。小さな身に味がぎゅっと詰まっていて、味も食感も貝そのものだった。これまで四十年以上、食わず嫌いできたことが悔やまれた。

アスパラガスのスープも印象に残っている。何を隠そう、私はアスパラガスの大ファンで、メニューにアスパラガスの文字を見つけると、反射的にそれを頼んでしまうほど。むっちりとした太ももみたいなホワイトアスパラガスも好きだし、太陽の光を浴びて健全に育ったグリーンアスパラガスも好きだし、ひょろひょろとした超極細のアスパラソバージュも捨てがたい。要するに、アスパラガスなら何でもござれ、なのである。

それを知った主催者が、レストランのシェフにアスパラガスを使ったメニューを、と特別にリクエストして出されたのが、アスパラガスのスープだった。濃厚すぎずさらりとしていて、春の喜びをひしひしと感じさせてくれる味だった。

振り返ると、文学祭の間中、私はずっと食べて、飲んでいたような気がする。でも、それでいいのだ。だって、ここはフランスだし。人生を謳歌するって、きっとこういうことだから。

14

ドイツのソーセージ屋台

歩きながら、ソーセージをつまむのがドイツ流だ。

ドイツに行ったのにおいしいものが何もなかった、という声を見聞きするたびに、私はがっくりと肩を落としてしまう。そんなはずはない。ドイツにだって、ビールとソーセージ以外にも、おいしいものは存在する。私からすると、おいしいものだらけだ。でも、確かにそれを見つけるにはちょっとしたコツがいるのかもしれない。

まず、いわゆる観光地にある観光客向けのレストランは、確かに外れる確率が高い。値段が高い上に、総じてしょっぱい。もしかしたら、伝統的なドイツ料理は、元来塩味が強いのかもしれない。けれど、今の私たちの味覚からすると、しょっぱすぎる。

さらに、そういうレストランは量がものすごく多い傾向にある。肉料理など頼もうものなら、山盛りになって肉の塊が登場する。ビールっ腹を絵に描いたようなおじさんがかわいい民族衣装を着ていたり、細腕のお姉さんが何杯ものビールジョッキを一気に運んでいたり、雰囲気を味わう分には楽しいけれど、味の方も楽しみたい場合は、こういう店には入らないのが鉄則だ。

ならばどこに行けばいいのかというと、私のおすすめはマルクトだ。マルクトとは、市場のこと。ドイツにはマルクト文化が根付いていて、いろんなところに市が立つ。肉、魚、野菜、パン、チーズ、花など、それぞれの店主が広場に店を出す様は、日本の縁日に限りなく近い。食材以外にも、ワインを売る店や惣菜を売る店などがあるので、その場で好きな物を選んで食べることができる。

ベルリンにも、お気に入りのマルクトがある。そこは百年以上も前に建てられた屋内市場で、マルクトハレノインと呼ばれている。マルクトハレは、マーケットホール、ノインは数字の九を意味する。つまり、九番目に作られたマーケットホールで、当時、このような屋内市場がベルリンに十四作られ、そのうち今でも建物が残っているのは五つほどだ。

マルクトハレノインが再出発したのは、二〇一一年秋。オーガニックや地産地消にこだわった商品に的をしぼり、活気を取り戻した。そして、営業を週末だけにしたことも、成功した。

そのマルクトハレノインで、毎週木曜日の夜に開催されているのが、ストリートフードサーズデーだ。このイベントが、本当に楽しい。ヨーロッパの料理だけでなく、アジアやアフリカ、中東など、世界中の料理が手軽に食べられる。中には、オニギラーズを売る日本人の屋台もあり、どれを食べようかと店を冷やかしながら歩くだけでワクワクする。テーブルと椅子が用意されているので、各自、自分の好きな飲み物と食べ物を調達し、お祭り気分で飲み食いができる。

けれど、わざわざマルクトまで行かなくても、街の至るところにインビスと呼ばれる屋台があり、それでも十分おいしい。とりわけ、ソーセージのインビスはたくさんある。ちょっと小腹が空いた時など、立ったまま、あるいは歩きながら、ソーセージをつまむのがドイツ流だ。ちなみに、ベルリンの名物はカレーソーセージで、これは焼いたソーセージにケチャップとカレー粉をたっぷりとかけたもの。

カレーソーセージもいいけれど、私はどちらかというと、ケバブ（ケバブサンド）に一票を投じたい。ケバブもまたカレーソーセージに並ぶベルリンを代表するストリートフードで、もともとはトルコ料理だ。巨大な肉の塊を回転させながらじっくりと焼き、それを薄く削ぐように切った肉がドネルケバブで、それを野菜と一緒にパンに挟んで食べるのがケバブ。ケバブの発祥はベルリンと言われている。野菜も肉もパンも一回で食べられて、とても健康的、しかも安い。ベルリンには、トルコからの移民がとても多いので、必然的においしいトルコ料理が食べられるのだ。

おそらく、私が思うに、ドイツ人というのは自国の料理に対して、それほどのプライドは持っていないのだろう。だから、よその料理も寛大に受け入れる。トルコ料理だけでなく、イタリアンをはじめ、韓国、ベトナム、タイなど、世界中の料理が手軽に食べられる。特に国際都市のベルリンは、それが顕著だ。

せっかくドイツに来たのだから、やっぱりおいしいドイツ料理が食べたい、という人には裏技がある。オーストリア料理の店を探せばいいのだ。ドイツ料理とオーストリア料理は、ほとんど内容は一緒だが、なぜかオーストリア料理になるとおいしくなる。かなり、皮肉ではあるけれど。だから私も、おいしいドイツ料理が食べたい時は、オーストリア料理の店に行くようにしている。

15

リトアニアの
砂糖漬け松ぼっくり

チョコレートムースに塩でアクセントをつけ、
砂糖漬けの松ぼっくりが添えられていた。

リトアニアのカウナスにある杉原記念館の庭には、りんごの木が植えられている。

杉原《すぎはら》千畝《ちうね》は日本の外交官で、第二次世界大戦中、ナチス・ドイツの迫害を受け、ポーランドをはじめとするヨーロッパ各地から難民として逃れてきたユダヤ人にビザを発行し、多くの命を救った人物だ。その数は、六千人にも及ぶとされ、杉原千畝は東洋のシンドラーと称されている。彼は、個人の正義感に基づき、国の命令に背いてビザを発給し続けた。

記念館はカウナスの中心部から少し離れた高台に建っている。杉原千畝がカウナスに滞在した期間は決して長くなかったが、その功績はリトアニアの人々に広く知られるようになり、リトアニア人にとって杉原千畝は特別な存在となった。杉原千畝と、彼を支えたリトアニア人たちとの連携により、多くのユダヤ人が難を逃れ、日本を経由して世界中に散らばったのである。

小粒の青りんごは、酸っぱかった。けれど、このりんごを杉原千畝も食べたかもしれないと思うと、勝手に親近感がわいてくる。彼は、実際にこの場所で、万年筆が折れても、寝る間も惜しんでビザを発給し続けたのだ。

杉原記念館を辞してから、チュルリョーニス美術館へ向かった。一八七五年、ロシア帝国（現在のリトアニア）に生まれたミカロユス・チュルリョーニスは、画家であると同時に作曲家としても活躍し、三十六年間という短い生涯の間に、約三百点の絵と、約二百点の曲を残した。その作品には、リトアニアで古くから信仰されてきた自然崇拝や人々の価値観が、色濃く反映されている。

その作品を一堂に見ることができるのが、チュルリョーニス美術館だ。自然豊かな美しい環境で生まれ育ったチュルリョーニスは、鳥や太陽、山といった自然の題材をシンボルとして用いた作品を数多く残している。一見、単なる風景画に見える淡い色彩の中に、哲学的、宇宙的な深いメッセージが込められており、それらを読み解き、感じながら作品を鑑賞するのは至福の時間だった。

自然崇拝は、私たち日本人にもなじみのある感覚で、チュルリョーニスの絵はどれも、饒舌に語りかけてきた。美しく、奥深い絵は、どんなに見ていても見飽きることがなく、時には音楽までが聴こえてくる。実際、彼の作った曲を聴きながら彼の描いた絵を鑑賞できる場所もあり、時間を忘れて、チュルリョーニスの、そしてリトアニアの精神世界にたっぷりと浸ることができた。

私はそれまで、チュルリョーニスという芸術家の名前を知らなかったが、実際に絵と対面し、心から尊敬し、好きになった。チュルリョーニスは、リトアニア人の価値観や生き方を肯定し、リトアニア人にリトアニア人としての誇りを与えた偉大な人だ。彼の代表作ともされる「王様のおとぎ話」には、そのことが克明に描かれている。

今から百年前の一九一九年から二十一年間、カウナスはリトアニアの臨時首都だった。それは、第一次世界大戦から第二次世界大戦の間の短い期間で、リトアニアに一時、自由な風が吹いた時である。街の至るところに新しい建築様式（バウハウス）の建物が建てられ、黄金時代が築かれた。今も現役で使われている中央郵便局をはじめ、モダン建築と呼ばれるそれらの建物は、カウナス市内に六千もあるとされ、そのうちの四十一が、近い将来、ユネスコの世界文化遺産に登録される予定だ。これだけの数のモダン建築がひとつの町に集中しているのは、とても珍しいという。

夜、ホテルのそばのレストランで夕食を食べた。カウナスは、モダンリトアニア料理のメッカで、その日のレストランも、自然を愛するリトアニア人のセンスをひしひしと感じさせる空間だった。

地元の食材を使い、最新の技術を取り入れて調理するというのがこの店のコンセプトで、確かに懐かしさと新鮮さの両方が、うまくお互いを引き立てながら同居している。

中でも忘れられないのは最後に出された一皿で、濃厚なチョコレートムースに海の塩でアクセントをつけたというデザートには、砂糖漬けにした小さな松ぼっくりが添えられていた。

出来てまだ半月足らずの松ぼっくりは、中にすでにちっちゃな芽を宿しており、その芽が独特な食感を生み出す。松ぼっくりを食べることは、リトアニアの伝統とのこと。甘い蜜につけられた松ぼっくりの風味が、いつまでも残響のように舌の上に広がっている。

旅のアルバム

ピンク色の冷たいスープ(リトアニア・ヴィリニュス)

おもてなしのライ麦パン(エストニア・セト地方)

黒いパンと白いパン（リトアニア・カウナス）

鴨のテリーヌとグリンピースのピューレ（リトアニア・カウナス）

チョコレートとベリーのパフェ風デザート（リトアニア・カウナス）

ラトビアのライ麦パン（ラトビア・リガ）

週末だけやっている
田舎のカフェ
（ドイツ・ベルリン）

銀山温泉のとうふと生揚げ
（山形・銀山温泉）

アーティチョークのオムレツ
（イタリア・フィレンツェ）

ブロードに浮かべたトリテリーニ
（イタリア・ボローニャ）

じゃがいものツェペリナイ
（リトアニア・トラカイ）

真っ黒に燻製したベーコン
（ラトビア・リガ）

ソーセージの屋台
（ドイツ・ベルリン）

トマトソースのシンプルなパスタ
（イタリア・フィレンツェ）

羊肉のキビナイ
（リトアニア・トラカイ）

エミリア・ロマーニャ地方のスープパスタ
（イタリア・ブリジゲッラ）

カトリーヌのスープ（スイス・ローザンヌ）

三角すいのドーサ（インド・南インド）

「アンナマリア」のパンナコッタ（イタリア・ボローニャ）

魚のスープとチーズ（エストニア・セト地方）

アボカド納豆のオニギラーズ（東京・小川家）

コウシロウの洋菓子（山形・山形市）

崎陽軒のシウマイ弁当（神奈川・横浜市）

16

羊肉のキビナイ

肉を入れて生地で包み、
三日月型に整えてオーブンで焼く。

リトアニアの歴史はとても古く、リトアニアが国家として成立したのは十三世紀と言われている。特に、十五世紀からの二百年間は黄金時代とされ、リトアニア大公国は、現在のベラルーシとウクライナの全域、およびポーランドとロシアの一部をも取り込む、ヨーロッパ最大の領土をほこっていた。驚くのは、リトアニア語の古さで、現在話されているインド・ヨーロッパ語族の中でもっとも古い言語だという。

そんなリトアニアの歴史を肌で感じられるのが、トラカイ城だ。トラカイ城があるのは、首都ヴィリニュスと、かつて臨時首都として栄えたカウナスの間で、リトアニア大公国の中心となるとても重要な拠点だった。以前、トラカイ城の写真を見たことがあり、いつか行ってみたいと思っていた。

トラカイ城は、湖の中の小島の上に建てられたお城である。だから、遠くから見ると、湖に浮かんでいるように見える。ゴシック様式の赤レンガを用いて作られており、実際に自らの目で見たトラカイ城は、想像していたよりも遥かに美しく、そして大きかった。

お城の建設が始まったのは、君主ケストゥティスの時代で、竣工したのは息子、ヴィタウタスの時だった。お城はいくつかの段階を経て建設され、拡張された。ただ、お城が完成した時すでに十字軍は滅びていたので、王様を守るという役割はなくなっていた。なので要塞としてではなく、王様の住まいや夏の住居、時には牢獄として使われていたそうだ。

荒廃しきったお城の再建計画が持ち上がったのは十九世紀に入ってからで、特に第二次世界大戦後のソ連時代、トラカイ城は大幅に復元され、現在の姿となってよみがえった。

トラカイ城の周辺には、少数民族であるカライメ人が多く住んでいる。彼らはかつて、トラカイ城を守るため、タタール人とともにクリミア半島から呼ばれた人たちで、家族ごとリトアニア大公国に移住し、この地に居を構えた。当時、リトアニア大公国では、大公の地位を巡って権力争いが続いており、どちらの肩も持たず裏切らないという理由で、外国からそのふたつの民族が選ばれ、呼ばれたのである。現在、カライメ人は世界に千人しかいないという説もあり、そのうちの三割はリトアニアに暮らしている。

トラカイ城を見学後、彼らの伝統料理を食べる。カライメ人が信仰するユダヤ教カライ派の起源は、八世紀のメソポタミアにあり、あらゆる真実を旧約聖書の中に見出すという。豚肉は一切食べない。

カライメ人の代表的な食べ物といえば、キビナイが知られている。キビナイは、中に肉を入れて生地で包み、三日月型に形を整えてからオーブンで焼いたもので、中に入れる肉は、以前は羊だったが、今は牛や鶏を入れることが多いという。お祝いの日に食べることもよくあるそうで、その場合は三日月型ではなく、大きなパイにして焼き、みんなで切り分けて食べる。キビナイは、スープとともに食べるのが、正式な食べ方だ。

このキビナイとスープが、本当においしかった。見た目は大きな餃子のようだが、ざっくりと刻んだ食感の残る肉には旨味がぎっしりと詰まっていて、それを軽い食感の生地が包み込んでいる。スープには潔いほどに具は一切入っておらず、羊の骨を煮込んでとったというブロードの澄み渡った味が、喉の奥を気持ちよく流れた。塩加減も完璧で、正直、もっとたくさん食べたいと思ったほど。メインとして出されたチェナクと呼ばれる鶏肉の煮込みにもまた、スープがたっぷりと入っていて、雑味がなく、私は食べながら、お正月に実家で出されたお雑煮の味を思い出していた。

デザートは、カッテージチーズと干しぶどうをパン生地で包んで焼いた素朴なお菓子で、これもカライメ人にとっては馴染みのあるもの。クルプニクを飲み干す頃には、すっかりいい気分になっていた。クルプニクは、様々なハーブやシナモンなどのスパイスを使って作られた、カライメ民族伝統のお酒である。

トラカイ城へと続く遊歩道が、ことのほか気持ちよかった。中にはボートを漕いで湖を渡る人たちもいて、それぞれが思い思いに夏の光を楽しんでいる。ヴィリニュスから、ピクニックをしにショートトリップするのもいいかもしれない。

帰りに、湖畔の土産物店で木彫りのスプーンを買った。このスプーンを手にするたび、私はトラカイ城とキビナイの味を思い出している。

17

トマトソースのシンプルなパスタ

そのパスタをもう一度食べたいばかりに、
フィレンツェを訪れた。

フランス料理は毎日食べられないけれど、イタリア料理は毎日でも食べられる、と食いしん坊の夫は豪語する。確かに、そうかもしれない。ふだん家で作る食事でも、和食と並んで多いのは、圧倒的にイタリア料理だ。イタリア料理といっても、私の場合は、単にグリルした野菜にオリーブオイルをかけたり、パスタを茹でてソースを絡めたりするだけ。和食もイタリアンも素材そのものの味を活かすという点で共通するから、最後にお醤油をかければ和食になるし、オリーブオイルをかければイタリアンになる。私は、その両方をミックスして味付けするのも好きだけれど。

そんな訳で、イタリア料理は、いい素材を用意し、それをシンプルに調理して、最後に極上の、つまりある程度お値段のするエキストラヴァージンオリーブオイルをたっぷりかければ、それなりの味になるものだ、と思っていた。特にパスタは、ソースさえあれば誰でもできる簡単料理だと甘く見ていた。

その考えが誤りだと教えてくれたのは、フィレンツェで食べた一皿のパスタだった。スパゲッティ・アッラ・カッレッティエーラと銘打たれたそのパスタは、トマトソースだけを絡めたパスタで、目に見える具材はニンニクのみ。それほどシンプルなのにも関わらず、味には奥行きがあり、自分では決して真似できない。私がこれまでに食べたパスタの中でも、間違いなく三本指に入るパスタである。ホテルのそばにあるリストランテでの、衝撃的な出会いだった。

そのパスタをもう一度食べたいばかりに、一年後、再度フィレンツェを訪れた。実は、一年前に行った時は、一皿のスパゲッティ・アッラ・カッレッティエーラを三人でシェアして食べたのだ。だから、一人分の量はほんの僅かしかなかった。以来私は、どうしても一人であのパスタを独占して食べたい、と願うようになった。あのパスタだけで、おなかを存分に満たしたいのである。

その日のお昼は果物とジェラートだけにし、七時十五分の開店と同時に、空っぽの胃袋を携え、リストランテへ。頼むメニューはすでに決まっている。さすがにいきなりパスタというのも無粋なので、冷えたスプマンテと前菜でお楽しみをじらしながら、本命の到来を静かに待つ。念願の、ひとり一皿、スパゲッティ・アッラ・カッレッティエーラ！

この日をどれだけ夢見たことか。一皿を数人でシェアすることなく、そのままその一皿をひとり占めできるのである。まるで、初恋の人に再会するような気持ちで、一年ぶりとなるその味を、期待と共に招き入れた。

やっぱり、美味しい。何なんだろう、奥に秘められたこの味の正体は。まるで、喉が渇いている時に冷たい井戸水をゴクゴクと飲み干すように、トマトソースの絡んだパスタがすいすいと体に入っていく。そこには、全く抵抗がない。

食べている間中、心地よいそよ風に吹かれているようだった。食べてしまうのがもったいないのに、一方ではもっと食べたくて体が前のめりになっていく。ひとり一皿の注文にして大正解だ。ちなみに、このパスタなら、翌日のお昼にもう一度出されても、私は喜んで完食する自信がある。

聞けば、缶詰のトマトをとにかく丁寧に裏ごししているとのこと。けれど、二回食べてもやっぱり味の秘訣はわからなかった。さっと火を通しただけのニンニクが大量に入ってはいるけれど、決してニンニクは主張しないし、トマト味も突出しない。上からイタリアンパセリがかけられているものの、それもほんのり香りを添える程度。とにかく、味のバランスがめちゃくちゃいい。決して、簡単に家で再現することができないから、わざわざフィレンツェまで足を運び、ここで食べなくては味わえない味なのだ。

ここ数年、北イタリアを旅することが多くなり、このパスタ同様、あの店のあれをまた食べたい、という料理が点々と散らばるようになった。ザビーニョ村のトルテリーニや、薄くスライスしたトリュフを添えた牛のタルタル、フィレンツェの食堂のバターチキンソテー、アーティチョークのオムレツ、デザートのメレンゲがまさにそれで、その店まで行かなければ、決して味わえない。まるで旧友を訪ねるように、その一皿の料理のために、時間とお金をかけてはるばる会いに行く。

今回の旅も、まさにそういう旅だった。私の中で、北イタリアの食を巡る黄金ルートができつつある。

18

すいとんのような
スープパスタ

静かな回廊に佇んでいると、
ロバの足音が聞こえてくるようだ。

これまで、ミラノには何度か行ったことがあるけれど、いつも空港から車で市内に向かっていたので、駅を利用したことはなかった。だから、ミラノ中央駅を初めて見て、たまげてしまったのである。重厚な建物は、まるで国の威信をかけて作られた美術館のようだった。建物前面の幅は二〇〇メートル、天井の高さはなんと七十二メートルもあり、これは当時の新記録とのこと。あまりの迫力に、しばし言葉を忘れ、呆然とした。こんな見事な駅を、いまだかつて見たことがない。建築家フランク・ロイド・ライトが「世界でもっとも美しい鉄道駅」と評したと言われているのも、大いに頷ける素晴らしさだ。

一九三〇年代には、ムッソリーニにより、ホームのデザインを変えるなどの手が加えられたそうだ。そして、今世紀に入ってからの大がかりな補修・改修工事により、現在の姿になったという。

それでも、駅の美しさに見とれている余裕はなかった。次に乗る列車の時間が刻々と迫っていたのだ。その間に、駅のどこかで食事を済ませなくてはならない。この日は、北イタリア旅行の初日。しかも、旅のメンバーには、初めてイタリアを訪れる黄先生も含まれている。

駅の二階に、簡単に食事がとれるビストロを発見した。一か八かの賭けで、そのビストロに入ってみる。たとえイタリアであっても、どのお店に入っても美味しいわけではないことは、経験上、すでに心得ている。しかも、ここは駅である。

さすがに駅舎内のビストロだけあり、パスタは、注文後すぐに出された。トマトソースの手打ちパスタである。おっかなびっくり、口に含む。それがどっこい、予想を見事に裏切られた。

少し緑色をしたパスタにはもちもちとした弾力があり、そのパスタに、濃厚なトマトソースが絡んでいる。思わず、旅仲間三人で悶絶しそうになった。

厨房では、体の大きなおじさんが、熱心にパニーニの生地の上にハムを並べている。これもきっと美味しいに違いないと、急きょパニーニも買いに走ってかじりつく。こんなに慌てて食べるのが、もったいない。できればゆっくりと、ワインでも飲みながら味わいたかった。

料理は、期せずして美味しいと、その美味しさが倍増する。ミラノ中央駅のビストロで食べたパスタとパニーニがまさにそれで、それほど期待していない時に美味しいと、本当に嬉しくなる。逆もまた然りだから、料理はそんなに期待しないでいる時の方が、案外、美味しく食べられるのかもしれない。

ミラノ中央駅から向かったのは、ブリジゲッラという、エミリア・ロマーニャ州に位置する、小さな村だ。ここは、中世の佇まいを残す美しい村として知られており、そこに料理が美味しいと評判の宿がある。

宿を切り盛りするのは三代目のダニエレ・バルジミリさんで、先代の父から受け継いだこの地方の伝統料理を、地元で採れた新鮮な食材を使って調理してくれる。特に、ロマーニャ地方を代表する、パッサテッリ・アッラ・ロマニョーラというパスタは有名だ。これは、パン粉と粉チーズ（パルミジャーノ・レッジャーノ）を卵でまとめて生地を作り、鶏と仔牛の骨と肉からとったブロードに絞り出して食べるスープパスタで、イタリア版すいとんのような食べ物。ダニエレさんが作ってくれたパッサテッリ・アッラ・ロマニョーラは、まさにお袋の味を連想させる、滋味深いほのぼのとした味だった。

ロマーニャ地方の料理を堪能した翌日、村の広場から続くロバの道を散策した。ブリジゲッラは石灰岩の交易により栄えた村で、採掘場からロバの背にのせて石灰岩を運んだ、屋根のついた石畳の道が残されている。朝、静かな回廊に佇んでいると、ロバの足音が聞こえてくるようだった。

時計塔まで階段を登っていくと、村を一望できた。岩山の頂上には、教会や城塞が築かれ、眼下に広がる家々がきれいなテラコッタの屋根で覆われている。丘陵地帯には葡萄畑が広がり、所々に、糸杉がすっくと背を伸ばしていた。

これぞ、イタリア。民家のバルコニーに干された色鮮やかな洗濯物が、気持ちよさそうに陽を浴びている姿が印象的だった。

本当は帰りもミラノ中央駅に寄って、今度こそゆっくり食事をしたかったのだが、接続の電車が遅れたため、帰りは急ぎ足での通過となった。だから、次回はゆっくり、ミラノ中央駅でアルデンテの美味しいパスタを堪能したい。

19

モダン
リトアニア料理

そこでは十九世紀に生きた女性のレシピを
再現し、出してくれる。

ヴィリニュスの町は、もう地図を持たなくても歩けるようになった。バロック様式の建物が残る旧市街の道は複雑に入り組んでいるけれど、それぞれの道に特徴があるので、何回か通るうちに体が勝手に覚えてしまう。

観光客で賑わうメインの通りを一本入れば、そこには中世の佇まいが残され、ひっそりとした穏やかな時間が流れている。できればゆっくりと、お気に入りの本でも片手に、時間の流れそのものを味わいたい町だ。

ところで、ヴィリニュスには、小さな「共和国」が存在する。その名も、ウジュピス共和国。かつては荒れ果て、人と人との交流も乏しかったこの地区に秩序と活気を取り戻したのは芸術家たちで、ウジュピス共和国にはひときわ自由な風が吹いている。独立国家を自称しており、独立宣言がなされたのは一九九七年四月一日。共和国の入り口には、独自の憲法が二十もの言語で訳され、その内容はとてもユニークだ。

ヴィルネ川沿いに広がるウジュピス共和国には、カフェやアーティストの工房、作品なども多く見られ、静かに自分と会話するにはもってこいの場所だった。私はいつか、橋から設置された川の上の大きなブランコに乗ってみたいと目論んでいる。

ウジュピス共和国からすぐ近くに建っているのは、聖アンナ教会だ。ヴィリニュスでもっとも古いゴシック様式の建物で、十五世紀末そのままの姿で今も人々の祈りの場となっている。三十三種類もの赤レンガを用いて作られており、その美しさに魅了されたナポレオンが、手のひらに載せてパリへ持ち帰りたいと讃えたほど。確かに、燃えさかる炎のような佇まいはどの角度から見ても美しく、信仰心のない無宗教の私でさえ、なんだか敬虔な気持ちに包まれた。

聖アンナ教会の奥にある修道院の教会もまた、優しい色合いのフレスコ画が見事で、ふだんの雑事をいっとき忘れさせてくれる場所だった。ヴィリニュスにはカトリックをはじめとする教会が本当にたくさん存在し、祈ることが人々の暮らしの一部として、今でも自然な形で溶け込んでいる。

聖アンナ教会に続くミコロ通りは、ヴィリニュスの中で私がもっとも好きな通りかもしれない。なんの変哲もないただの路地裏だが、そこにはいくつか、私の好きな店が並んでいる。リネン・テールズもそのひとつで、私はここのベッドカバーや手拭きを愛用している。

夕方、シェークスピア・ブティック・ホテルのバーに行き、カクテルを頼む。趣のある調度品に囲まれた雰囲気のいいバーで、表通りの喧騒からはほど遠い。北欧の短い夏の名残を味わいながら、旅のことを回想したり、物思いにふけったり。丁寧に作られたカクテルを、心の赴くまま嗜むのは、至極の時間だった。

そこから歩いてほんの少しのところには、大好きな中庭がある。長屋風の建物を取り囲むようにして、可憐な花々が咲き、りんごの大木が枝葉を広げる。私はこういう、さりげないほどにさりげない、生活に根付いた庭が好きだ。しかもこの中庭は、来るものを決して拒まない。

ちょっと風変わりなレストランまでは、そこからさらに歩いて数分だった。ミコロ4と、住所がそのまま店の名前となったそのレストランは、十九世紀に生きたひとりのリトアニア人女性、ザワツカさんが残したレシピをもとに、当時の料理を出してくれる。

ザワツカさんが生まれたのは一八二四年、今から二百年近くも前で、印刷所の娘として育ち、印刷所のオーナーと結婚した彼女は、女性料理人の先駆けとして、イタリアやポーランド、フランスなど各地の宮殿をまわり、食べ歩きをした。そして、さまざまな国で集めたレシピを、独自に工夫し、リトアニア人やポーランド人の舌に合うようアレンジしたのである。彼女のレシピ本が出版されたのは、一八五八年だ。

定番のピンクのビーツのスープなど、百六十年前のレシピとは思えないほど、モダンで違和感のない料理だった。リトアニアは日本と違い、多くの国と国境を接しているから、他国から受ける影響も少なくない。その影響を拒むことなく、むしろ柔軟に受け入れてきた結果が、たくさんの要素を取り入れたモダンリトアニア料理なのかもしれない。

百六十年前のモダンリトアニア料理も、そして現在のモダンリトアニア料理も、どちらもすばらしく美味しかった。きっとこれからも、リトアニア料理は柔軟に進化し、モダンであり続けるだろう。

数日後、カウナスにある国立チュルリョーニス美術館を見た帰り、少し足を延ばして、パジャイスリス修道院へ行った。ここは、一七一二年に完成したバロック様式の修道院で、この敷地の一角がホテルになっており、ホテル内のレストランでは、宿泊客以外も気軽に食事を楽しむことができる。修道院には、今でも十七名の修道女が暮らし、日々、祈りを捧げているそうだ。

修道院と聞いてドキドキしながら門をくぐると、そこには穏やかな庭が広がり、静謐な時間が流れていた。ホテル内には、美しい天使の壁画などが随所に残され、明るく清らかな雰囲気に包まれている。真っ白いクロスのかけられたテーブルについて待っていると、まず登場したのはパンだった。手にとるとまだ温かく、小鳥の雛を抱いているような気分になる。

ビーツのスープは、温かくして出された。チュルリョーニスの色彩に似て、色がなんとも美しい。パンとスープは、リトアニアのおもてなし料理だ。

前菜は、鴨のテリーヌとグリンピースのピューレ。初夏の香りが、口の中いっぱいに広がる。レストランで使われる野菜は、修道院内にある畑で作られたものが大半を占める。

メインは、羊の肩肉のローストで、キノコや人参、大麦のリゾットが添えられていた。デザートは、マンゴーを使ったチーズとベリー類の一皿で、まるで地面から色鮮やかな花々が咲きみだれているような美しさだった。

圧巻は、食後のお茶の飲み比べである。使い込まれた銀のポットからうやうやしく注がれるのは、菩提樹、チョコレートミント、スウィートグラスのお茶で、特にスウィートグラスは聖なるお茶としてあがめられている。チュルリョーニスの絵の余韻に浸りながら、ゆらゆらと三種類のお茶を楽しむ。至福の時間だった。

20

リトアニアのツェペリナイ

飛行船のようなツェペリナイは、
皮に特徴がありおいしい。

八月のある日、リネンのエプロンを身につけて気合いを入れ、台所に立つ。傍らには、立派なじゃが芋が転がっている。旅は、現在進行形の旅そのものの時間も楽しいけれど、旅が終わった後の「余韻」もまた醍醐味のひとつだ。

リトアニアから戻ってひと月が経ち、ツェペリナイを作ってみようと思い立った。ツェペリナイというのは、その名もずばり、ツェッペリン号（飛行船）の形をしたリトアニアを代表する料理で、じゃが芋から作った皮の中に豚のひき肉が入っている、巨大餃子みたいなもの。ただし、味は全く餃子と違い、リトアニアで初めて食べた時は、目から鱗が落ちた。

とにかく、その皮に特徴があり、おいしいのだ。じゃが芋も豚肉も、珍しい食材ではないのに、それは明らかに人生で初めて食べる味だった。ツェペリナイはツェペリナイであるとしか、説明できない。ただ、作り方は決して簡単とは言えず、故に気合いを入れたのである。

まずは、じゃが芋をひたすら下ろす。しかも、皮を剥かずに丸ごと下ろす。そしてそれを、こしておく。水分の下にたまるでんぷん質（A）もとっておく。

同時進行で、じゃが芋を蒸すか煮るか蒸し焼きにするかし、それをつぶしてマッシュポテトを作っておく。すりおろしたじゃが芋とマッシュポテトの割合は、すりおろす方が若干多いくらい。マッシュポテトの粗熱が取れたところで、ある程度水分を絞ったすりおろしじゃが芋と混ぜ、皮にする種を作る。この時、加減を見ながら（A）も加える。両者を混ぜていくうちに、もちもちとした弾力のある種ができていく。

中に入れる具の方は、みじん切りにした玉ねぎを炒め、それを豚ひき肉とよく混ぜ、塩コショウで味を調えておく。それを、丸く成形し、しばらく冷蔵庫で休ませる。

その間に、冷製ピンクスープを用意する。これは、リトアニア語でシャルティ・バルシュチャイと呼ばれているビーツを使った冷たいスープで、夏の時季によく食べられるリトアニアを代表するスープだ。リトアニア人にとって、スープは食卓に欠かせない存在。日本人にとってのお味噌汁のように、リトアニア人は必ずと言っていいほど、食事の際はまずスープから食べ始める。隣国ラトビアでは、とにもかくにも黒パンが大切にされていたけれど、リトアニアではスープがとても重要な位置を占めている。

冷製ピンクスープの作り方は、至って簡単だ。基本的には、加熱したビーツとヨーグルト（あればケフィア）を混ぜるだけ。そこに、刻んだキュウリとゆで卵、ネギを加えれば、立派なスープになる。

旅の間中、レストランではほぼ毎食、この冷製ピンクスープが登場した。最初にこの色を見た時は、正直、着色料を入れているのではないかと疑ってしまったけれど、自分で実際に調理してみると、ビーツがいかにパワフルな野菜かがよくわかる。私は今回、生のビーツを使ってそれをアルミホイルで包んでから、オーブンで蒸し焼きにしたのだが、まな板でビーツを刻むだけで鮮やかなピンクに染まるし、ビーツに触れた指もピンクになった。ヨーグルトに混ぜてしばらく寝かせると、ピンクはますます色を濃くする。もし、時間を短縮したい場合は、すでに加熱済みで袋に入って売られているビーツを使えばいい。

さて、ツェペリナイの方はいよいよクライマックスだ。冷蔵庫で休ませておいた肉団子を、じゃが芋の皮で、赤ちゃんにおくるみを着せるみたいにすっぽりと包み込む。それを、熱湯で三十分ほど茹でる。

冷製ピンクスープを食べながら、ツェペリナイができるのを待った。冷製ピンクスープは栄養満点で、夏バテ防止にちょうどいい。ビーツの冷たいスープ自体はロシアや他の北欧諸国でも食べられているが、キュウリとゆで卵を入れるのはリトアニアならではとのこと。

そしてついに、ツェペリナイが完成した。あつあつに、たっぷりとサワークリームをかけて食べる。リトアニア料理に、サワークリームは欠かせない。自分で作ったツェペリナイは少々不恰好ではあったけれど、味はやっぱりツェペリナイだった。

もちっ、ふわっ、という独特の食感が、口中にたとえがたい幸福感をもたらす。じゃが芋と豚肉というありふれた食材から、よくぞこんな斬新な料理を発明したものだと感心する。

そこに、リトアニア人の精神というか、心意気を感じずにはいられないのである。

21

崎陽軒の
シウマイ弁当

普遍的で堂々とした存在に魅せられ、
哲学すら感じるようになった。

食べ物に関して自分はとても保守的なのだと実感するのは、駅や空港でお弁当を選ぶ時だ。国内旅行ではたいてい、東京駅や羽田空港を利用することが多いのだが、そこには工夫をこらした魅力的なお弁当が数多く並んでいる。さて、今日こそは今まで食べたことのないお弁当に挑戦するぞ、と何軒も店をハシゴしてあれこれ品定めをするのに、結局はいつも、同じお弁当を選んでしまうのだ。黄色い包み紙が印象的な、崎陽軒のシウマイ弁当である。

初めてこのお弁当を食べたのは、二十代の頃だったか。けれど私は、その時のことを全く覚えていない。要するに、なんだ、普通の幕の内弁当と変わらないじゃないか、と拍子抜けしたのだ。ところが、何度か繰り返して食べるうちに、その普遍的で堂々とした存在に魅せられ、哲学すら感じるようになった。

新幹線の場合は、車窓の風景に緑が多くなってから、飛行機の場合は離陸後、安定飛行をするようになってから、私は満を持してシウマイ弁当に手を伸ばす。しっとりと湿り気を帯びた掛け紙に確かな手応えを感じ、にんまりしながら蓋を開ける。シウマイ弁当は、今時珍しい経木の折箱に入っている。それも私が、このお弁当を贔屓にする理由である。

割り箸を用意し、まずは経木の蓋の裏についたご飯粒を一粒ずつ丁寧に剥がして口に含む。素晴らしい炊き加減、いや蒸し加減だ。まるでご飯粒のひとつひとつがビシッと背筋を伸ばして起立しているようだ。私は固めに炊き上げたご飯が好きなので、シウマイ弁当のお米は理想的な固さなのである。

お米をおこわのように蒸してあるから、冷めてももちもち感が失われない。それを俵形に丸め、それぞれの俵の上には黒ゴマが散らしてある。そしてご飯の中央には小ぶりの梅干しがのっている。姿勢を正し、まずはご飯をひと口。それからそれぞれのシウマイに均等に醤油と辛子をまぶし、シウマイを頬張る。

崎陽軒の創業は、一九〇八年（明治四十一年）から。横浜駅の構内で食べ物を売る店としてスタートした。その後、横浜名物となる商品を、というスローガンの下、試行錯誤の末に誕生したのがシウマイだった。冷めてもおいしいシウマイにするため、豚肉と一緒に干しホタテの貝柱が練りこんである。それによって、豚肉の臭みを消すことに成功した。

さらにシウマイの大きさにもこだわり、車内で移動中に食べることを考慮して、ひと口サイズという小ぶりな形にした。これなら、女性や子どもでもひと口で頬張ることができる。

一九二八年から発売された崎陽軒のシウマイは、売れに売れたという。けれど、戦争の影響で経営が悪化する。配給統制のあおりを受けて豚肉の入手が難しくなったのだ。更なる追い討ちをかけたのが終戦間近の一九四五年五月に行われた米軍による横浜大空襲で、崎陽軒の本社が全焼した。

そんな中、一九五四年の四月、シウマイ弁当の販売がスタートする。崎陽軒がどん底から抜け出す起爆剤となったのが、このシウマイ弁当だった。今では、全国でもっとも親しまれる駅弁にまで成長した。けれど、首位を独走するお弁当なのに、どこか分をわきまえているというか、はみ出さないのは、やっぱり辛苦を味わった歴史がそうさせているのかもしれない。

もちろん、シウマイ弁当の魅力は、シウマイとご飯だけではない。脇役達もまた、しっかりとシウマイとご飯を引き立てている。たとえば、筍。たとえば、マグロ。

自分で作ったら、ここまでしっかり筍を甘く炊けないし、マグロにもきっちりと火を通せない。でも、だからこそお弁当として保存がきく。鶏の唐揚げ、玉子焼き、かまぼこ、それにささやかな脇役の脇役、切り昆布と千切り生姜も、口の中の景色を変える役割として、大いに貢献している。

悩ましいのは、あんずの存在だ。締めのデザートとして最後に食べるのが無難かもしれないが、私はいつも道半ばで、唐揚げを食べた後に口に入れてしまう。これもまた、シウマイ弁当の醍醐味だ。これからも、変わらない味で居続けてほしい。

食べ終わる頃には、やっぱり今日もシウマイ弁当にして正解だった、と太鼓判を押す自分がいる。シウマイ弁当には、私にとっての理想的な味が詰まっている。こうして、私の旅が始まるのだ。

22

コウシロウのお菓子

黒い森のさくらんぼ酒ケーキは、
酸味を含んだクリームに洋酒に漬けた
さくらんぼが合わさり、
削ったチョコレートがかかっている。

コウシロウのお菓子を食べて育った私は、つくづく幸せ者だなぁ、と思う。コウシロウというのは、生まれ育った実家のそばにあった洋菓子店の名前である。お菓子を作るのは、沼澤幸四郎さんだ。

コウシロウは、私が物心つく頃からそこにあった。特に商店街に店を構えるでもなく、町の一角にぽつんとある。

コウシロウで思い出すのは、まずその外観だ。大きな屋根が印象的で、スイスの山小屋をイメージさせるような、とても凝った造りをしている。そして、ショーウインドーにはいつも素敵な飾りつけがされている。店に近づくと、ふわりと甘い匂いがして、店内に一歩入った瞬間、きゅっと気分が浮き足立つ。幼い頃から、店を潤す澄んだ空気が好きだった。

包装紙も、印象に残っている。抽象画のようなそうでないような、まるでミロのような絵が描いてあるつるりとした質感の包装紙で、その紙に包まれた箱が冷蔵庫に入っているのを見つけると、いつだってワクワクした。

私が生まれ育った家庭は決して平穏ではなかったが、コウシロウのケーキや焼菓子は、いっとき、わが家に平和をもたらした。

ふだん、ちょっとケーキが食べたい時に登場するのは、ショートケーキやチョコレートケーキ、チーズケーキなどの生ケーキだった。歳の離れた姉ふたりが上京する前は、三姉妹でよくジャンケンをし、勝った人から順番に好きなケーキを選んだ。

どのケーキでもおいしいから負けてもいいのだが、自分が真っ先に選べる時は、たいてい、さくらんぼのケーキを取った。その頃はまだ、このケーキの正式名称がシュヴァルツバルターキルシュトルテ（黒い森のさくらんぼ酒ケーキ）で、ドイツを代表するケーキであるということも知らなかった。チョコレート味のスポンジケーキと、生クリームとはちょっと違う独特な酸味を含んだクリーム、それに洋酒に漬け込んださくらんぼが合わさり、上には削ったチョコレートがかかっている。もったいないから、私はいつも少しずつ食べていた。

誕生日には、切り分けたケーキではなく、どーんと丸ごとホールのままのケーキが登場した。さくらんぼのケーキも捨てがたいが、私はいつもブールドネージュをリクエストした。これは形がボールのような球形で、その表面を白いクリームとピンク色のクリームが、四分の一ずつ交互に覆っている。中には、胡桃やレーズンを入れてしっかり固めに焼いた生地が入っており、シンプルながらも奥深い味なのだ。最後に食べたのはもう二十年も前なので、正確には思い出せないが、このケーキを食べた時の幸福は、いまだに少しも色褪せない。

上京して山形を離れてからは、よく母が野菜や果物と一緒にコウシロウの焼菓子を入れて送ってくれた。スウィートポテトやミルフィーユ、レーズンサンド。中でも毎回のように入れてくれたのが、親指大に焼き上げたクッキー生地の半分にだけチョコレートをかけた焼菓子で、私はその正式名称を知らないまま、ずっと「チョコ棒」と呼び続けている。冷蔵庫にチョコ棒があると、にんまりしてしまったものだ。

ただ、そんな大好物のチョコ棒も、私と母との関係が悪化するにつけ、届かなくなった。ご無沙汰した期間は、おそらく十年に及ぶかもしれない。今から振り返ると、チョコ棒は、私と母をつなぐ、小さくて甘いバトンだった。

チョコ棒を送ってくれた母も、家族でケーキを食べた実家も、今はもうない。だから私にとって山形は、帰る場所ではなく、旅行者として訪ねる場所になった。

先日、両親の墓参りの帰り、久しぶりにコウシロウに寄ってみた。そして、びっくりした。だって、何も変わっていないのだ。子どもの頃に感じていた清らかな空気が、清らかなまま流れていた。しかも、幸四郎さんの奥様が、あの頃の佇まいのまま店に立っていた。店に並んでいる商品も、ほとんど私が子どもの頃のまま姿を変えていない。大きなブールドネージュも、さくらんぼのケーキも、そのままだった。

どうやら、私とコウシロウは同い年らしい。つまり、約半世紀も、コツコツと同じ味を作り続けているのだ。

新幹線に乗ってから、久しぶりにコウシロウのお菓子を食べる。やっぱり、同じ味がした。子ども時代を思い出し、ちょっと泣いた。私はいまだに、コウシロウのさくらんぼのケーキよりもおいしいキルシュトルテを食べたことがない。

23

銀山温泉の野川とうふ

しみじみとおいしい。
清らかで、濃厚で、素晴らしいのだ。

温泉が好きだ。ちょっとぬるめのお湯だったら、何時間でも入っていられる。特にそれが露天風呂だったら、言うことない。温泉に浸かって、あぁ、とため息をこぼすたび、日本人に生まれた幸運をかみしめている。

生まれ育った山形は、まさに温泉天国だった。子どもの頃によく行ったのは蔵王温泉で、真っ白いお湯から立ち上るつんと酸っぱいような硫黄の匂いは、未だに脳に染みついて離れない。蔵王と聞くだけで、私はパブロフの犬のようにあの独特な癖のある匂いを思い出す。

大人になってから行くようになったのは銀山温泉で、山形新幹線で大石田まで行って、そこからバスで向かう。鄙びた温泉宿で、大正ロマンという言葉がまさにぴったりの風情だ。最上川の支流である銀山川の両岸に三、四階建ての古い旅館が建ち並んでいるのだが、その建物が和風とも洋風とも言えない微妙な和洋折衷建物で、なんとも独特な郷愁を醸し出している。どこにいてもさらさらと川の音が響き、川底には川魚たちが気持ちよさそうに泳いでいる。

夕涼みができる夏もいいが、私が好きなのは断然冬の銀山温泉だ。しかも、真冬がいい。銀山温泉に、雪景色はとても似合う。誰が撮ってもそれなりの風情の写真になるのも、銀山温泉の魅力のひとつだ。

宿は、昔ながらの素朴なところがほとんどだ。中には、アメリカ人の女将がテレビのCMに出て有名になった高級旅館もあるけれど、私が泊まるのはたいてい客室が数室だけのこぢんまりとした宿である。部屋の広さは八畳ほどで、そこにテーブルとテレビがぽつんと置かれている。夕飯は、部屋ではなく他の宿泊客と一緒に別のところで食べる。

辛いのは、ほとんどの部屋に椅子がないことで、畳の暮らしがすっかりご無沙汰している身としては、少々こたえる。ならばお風呂にでも入ろうと浴室に向かうのだが、いかんせん、お湯が熱くて長湯はできない。ならばぶらぶら町歩きでも、と外に出るも、銀山温泉はとても小さく、どんなに丁寧に店をひやかしても、すぐに全部見終わってしまうのだ。昼間から部屋の布団に横たわってテレビを見る気にもなれないし、かと言って本を読むような環境でもないし。

そんな時の救世主が、お豆腐だ。実は、銀山温泉に来る大きな目的となっているのが、野川とうふやの生揚げなのである。ここのお豆腐が、しみじみとおいしい。きっと、水がいいのだろう。清らかで、濃厚で、素晴らしいのだ。

野川とうふやは、銀山温泉の入り口近くに小さく店を構えている。基本的に店番している人はいないので、用のある客は呼び鈴を鳴らして店の人に来てもらう。夏場は冷奴もあるらしいが、冬場は生揚げに限る。注文すると、奥から揚げたてを持ってきて、割り箸を添えて渡してくれる。入れ物は、豆腐パックで、観光客はよく、川沿いで足湯をしながらこれを食べている。

豆腐と並び、もうひとつのお楽しみは、日本酒の「絹」だ。絹は、創業が一五九三年という山形県内でもっとも古い酒蔵、小屋酒造で造られている。味わい深い大吟醸酒で、山形県内の、しかもごくごく限られた地域でしか流通していない。この絹の三〇〇ミリリットル入りの小瓶が、銀山温泉の酒屋の冷蔵庫で売られており、夕食前の晩酌にちょうどいいのである。

という訳で、夕方になるといそいそと「買い出し」に出かけ、部屋での晩酌タイムとなる。

ある時などは、生揚げを食べる手が止まらなくなり、途中でおかわりを買いに走った。絹との相性も抜群で、これで雪景色でも眺めながら一杯できれば、最高なのである。気がつけば、川沿いの街灯に明かりがつき、ますます雰囲気を盛り立てる。銀山温泉は、今どき珍しいガス灯である。

ほろ酔い気分が出来上がる頃、夕飯の時間となる。手の込んだ料理の数々が、綺麗な器に入れられ華やかに並んでいる。メインは、たいてい尾花沢牛だ。牛肉と白米のマリアージュは最高である。

それでも、だ。部屋でこっそり食べる野川とうふやの生揚げと、ビール用のコップでちびちび飲む日本酒の絹には、悲しいかなかなわない。私にとっての銀山温泉の醍醐味は、生揚げと日本酒・絹。これこそが、ご当地グルメだと思っている。

24

ボローニャのズッパ

口に入れた瞬間、お母さーんと叫びながら
シェフに抱きつきたくなった。

その日は一日、土砂降りの雨だった。空には重たい灰色の雲が立ち込め、大粒の雨が窓ガラスを打ちつける。ふと、ラヴェンナに行ってみよう、と思い立ったのは前日の夜のこと。日本文化を紹介するイベントに呼ばれ、イタリアのボローニャに数日間滞在していた時だった。

調べると、ボローニャからラヴェンナは列車で一時間ちょっとの距離で、日帰りで行けそうである。もしかしたら天気予報が外れるかもしれない、という淡い期待を胸に、ひとり、大人の遠足を決行した。

レトロな列車の窓の向こうに広がる景色は、どこまでも懐かしい。初めて目にする光景なのに、懐かしく感じるなんて不思議だけれど、確かにとても懐かしかった。ブドウ畑の向こうに、なだらかな山が連なっている。ブドウとサクランボの違いはあるものの、私が生まれ育った山形の風景に瓜二つと言ってもいいくらいだ。だから私は北イタリアに惹かれるのかもしれないと、雨にけぶる乳白色の田園風景を見ながら納得した。

ラヴェンナは、モザイク画で有名な美しい町として知られている。古代ローマ時代から中世にかけて繁栄した港町で、五世紀半ばに作られたモザイク画を今でも見ることができる。

町自体はとても小さいので、ほとんどの教会は、歩いてまわることができた。晴雨兼用の小さな傘を手に、千五百年もの時を経て、なお厳かな光を放つモザイク画を堪能した。自らの目で見なければ決してわからない、独特の存在感がある。

雨宿りをしながらの自由気ままな遠足だったので、ラヴェンナを出たのは夕方の六時を過ぎていた。そこから再びレトロな列車に揺られ、ボローニャへ戻る。

靴には雨が染み込み、体が冷えていた。何か、温かいものが食べたい。その一心で、駅を出てから、地図を頼りに一軒のトラットリアを目指す。雨に打たれ、みるみる張りを無くす地図に心細さを覚えながら、路地裏を辿ってなんとか目的のトラットリアに着いた時には、心身ともにすっかり疲れ果てていた。

ひとりだと伝えたら、マダムが厨房前の小さなテーブル席に案内してくれた。赤のテーブルワインを頼み、大人のひとり遠足の無事を祝って、乾杯する。赤ワインが、体の芯に温かな通路を開通させた。ひとり旅の緊張感がほどけ、くつろいだ気持ちが広がっていく。

突き出しの卵焼きを口に含むと、一気にこの店への期待度が増した。どこまでも素朴な味で、滋味にあふれている。メニューを開きイタリアのスープ、ズッパの文字を見つけた瞬間、これにしようと心が決まった。

それにしても、なんて温もりのある店なのだろう。壁一面に飾られた、シェフへのメッセージ。この店は、女性シェフの店で、彼女の名前が店名になっている。厨房で働く料理人たちの無駄のない動きに感動しながら、私は赤ワインと卵焼きを、惜しみつつちびちびと口に含んだ。

いよいよ、私のズッパが運ばれてくる。最初の一口を口に入れた瞬間、お母さーんと叫びながら、作ってくれたシェフの体に抱きつきたくなった。今、まさに私の体と心が求めている味だった。くたくたに煮込まれた野菜たちが、一致団結して私に中からエールを送る。卵焼き同様、塩加減が見事だ。

気がつくと、私は夢中になって野菜のズッパを食べていた。食べている最中から、みるみる手足が温かくなる。許されるなら、最後にお皿を舌で舐めたいほど。

食欲に火がつき、デザートにパンナコッタも注文する。真ん中にスプーンがグサッとささっていて、この出し方も自分の好みだと密かにうなった。

この店の味がことのほか好きになった私は、翌日曜日の夜もまたここで食事をすることにした。もっと他の料理も食べてみたいという、単純な欲求に従ったのだ。そして今度は、トルテリーニを注文した。卵焼きは、昨日と作ったシェフが違うのか、ふっくらしっとりした食感で、さらに私好みの仕上がりになっていた。おいしすぎて、足をバタバタ踏みならしたくなる。

トルテリーニは澄んだスープに小さなパスタを浮かべたスープパスタで、ボローニャを代表する郷土料理だ。トルテリーニの皮が薄くて、その薄い薄い皮の中に、肉とチーズが包み込んである。

昨日のズッパもおいしかったけど、今日のトルテリーニも素晴らしい。二日続けて足を運んで大正解だ。町にひとつ、駆け込み寺のような食堂を見つけることは、旅の醍醐味のひとつである。

25

小さな湖のオーベルジュ「チミケップホテル」

ここには、過去の記憶を思い出させる
不思議な力がある。

チミケップホテルは、チミケップ湖のほとりに佇む小さなホテルだ。チミケップとは、アイヌの言葉で、崖が割れて山から水が落ちる場所という意味で、確かに湖の近くに、小さな滝が流れている。

女満別空港からは、車で一時間ほどだった。最後は未舗装の砂利道を通って、ようやくホテルへたどり着く。チミとケップ、それにレイクという三匹の犬が出迎えてくれた。全周七キロ半のチミケップ湖の周りには、ホテル以外の建物がほとんどなく、チミケップホテルだけが、ぽつんと建っている。

ホテルの中に一歩入って感じたのは、使い込まれた毛布に体ごと包まれるような懐かしさだった。あたかも、豊かな暮らしを営む親戚の別荘に遊びに来たような気持ちになる。大きな窓の向こうには木立に囲まれたテラスがあり、その向こうには湖がある。黒豆茶と、北見の名産であるハッカを使ったお菓子をいただきながら、雨に打たれるチミケップ湖と対面した。暖炉には、赤々と炎が燃えている。

チミケップホテルは、オーベルジュの草分け的存在だ。確かな記録はないのだが、ホテルとして営業を開始したのは、今から三十年ほど前。今でこそ、オーベルジュという言葉は広く知られるようになったが、当時は、オーベルジュと言っても理解されることは難しかったに違いない。しかも、決して交通の便がいいとは言えない、山奥の立地である。

にもかかわらず、チミケップホテルは脈々と続いてきた。さらに、道内では冬季休業する宿が大半を占める中、冬場でも客を迎え入れてくれる稀有な存在なのだ。部屋数は、七室のみ。決して欲張らず、自分たちにできることをできる範囲でこなし、淡々と続けてきた。

渡されたキーホルダーは、創業当時から使われてきたものだ。素朴な木の枝に、ホテルの名前と部屋番号、それにホテルのシンボルである木のマークが彫られている。ただし、このキーホルダーも誰が作ったものかはわからない。それでも、バトンのように受け継がれて今に至る。

部屋には、隅々にまで気が配られていた。おそらく、大規模な内装工事もしないまま、今に至るのだろう。決して最新の設備ではないが、清潔な気持ちのよいベッドがあり、お茶を飲むための道具や、しっかりとした暖房施設が備えてある。きっと、チミケップホテルを愛してやまない人が、心を込めて部屋を整えてくれたのだろう。そのことが、無言のうちに伝わってくる。室内にはテレビもラジオもなく、窓の向こうに広がる美しい景色を、思う存分静かに味わうことができる。

小さなバルコニーに出ると、目の前にモミの木が立っていた。形のよいクリスマスツリーそのものといった姿で、湖を背にして優雅に枝葉を広げている。秋が深まり、湖を囲む木々たちは、赤や黄色、橙に色づいている。雨に打たれる湖の水面が、淡い銀色に輝いていた。

夕飯の時間を待つ間、暖炉の前で時を過ごした。変幻自在に形を変える炎を見ながら、母のことに想いを巡らす。チミケップホテルは、私の母がいかにも好きそうなホテルだった。連れて来てあげたら、きっと喜んだに違いない。一緒に湖のほとりを散策し、おいしいフランス料理を食べ、朝食を共にする。ここで、そんな贅沢な時間を、過ごしたかった。

ディナーは、ハーブのかき揚げからスタートした。いずれも地元、津別町で栽培されたパクチー、パセリ、エストラゴンを細く刻んでからりと揚げてあり、爽やかな香りが口の中いっぱいに広がる。根室産のサンマやオヒョウ、えりも町の短角牛、知床の鶏、芽室の仔牛など、どのお皿にも、北海道産の食材がふんだんに使われていた。

気がつけば窓の向こうは真っ暗で、そこに湖があることすらわからない。料理を食べながらも、やっぱり母のことを考えた。チミケップホテルには、過去の記憶を思い出させる、不思議な力がある。

もともと、この建物は漁業組合の保養施設として建てられたそうだ。そこがやがて、ホテルとして使われるようになった。だから、知り合いをもてなすかのような温かいサービスは、きっと、保養施設だった頃の名残なのかもしれない。かつて保養施設だったと知り、私は大いに納得した。

おなかも心もたっぷりと満たされ、部屋に戻る。

バルコニーに出て、雨上がりの空に星を探した。雲の間から現れた小さな星が、明日は晴れることを教えてくれた。

26

韓国の
石焼ビビンパ

すべての料理が洗練され、美しさに溢れていた。

私にとって、韓国料理といえばビビンパだ。特に、石焼ビビンパには目がない。ご飯が恋しくなると、私は世界中どこにいても、韓国料理店を探す。韓国料理は外国の料理でありながら、慣れ親しんだお米が食べられて、しかもホッとできる味だから。ひとつの料理で野菜もたっぷり食べられるし、栄養満点。疲れた時の、大いなる助っ人でもある。

ソウルへ行ってきた。初めて行ったのは半年前の冬で、今回は夏のソウルへ。今度もまた仕事で、韓国の文化体験プログラムに参加するための訪問だった。自由に食事を選べる機会は少なかったが、それでも食事の回数を指折り数え、入念な計画を立てて実行する。

ソウルに着いて早々、昼食を食べに向かったのは、ソウルで一番おいしいと評判のビビンパ専門店だ。ビビンパは石焼に限ると思っていたけれど、ここではステンレス製の器にご飯がよそわれて登場した。ご飯の上にはプルコギがのせられ、別の皿に七種類のナムルが並んでいる。他に、豆もやしの澄んだスープと青菜のキムチがついている。

感動したのは、シッケという名の伝統茶だ。甘酒に似た風味で、飲んでいるとみるみる体が癒される。ついに韓国で本物のビビンパを食べたことにひとりほくそ笑みながら、胃袋が穏やかに満たされていく食後の余韻を満喫した。

その後、場所を変えてさらに伝統茶を味わう。のどかな庭に咲くタチアオイを眺めながら、今度は冷やしたなつめ茶を楽しんだ。

夜はホテルのミーティングルームで、各国から参加する代表との顔合わせを兼ねつつのディナーだった。チヂミ、プルコギ、と一流ホテルならではの洗練された韓国料理が出されたのだが、ゆっくりと味わっている余裕はなく、とにかく次々と料理が運ばれてくる。後から知ったが、韓国はパリパリ文化。パリパリとは、早く早くの意味で、要するにとてもせっかちなのである。まだ食べ終えていないのに、さっさと持ち去られてしまう。

ゆっくりと落ち着いて食事ができたのは、翌日の昼食の席だった。ここオンジウムでは、韓国の伝統文化を研究し、衣食住を現代の技術で再現する活動を積極的に行っている。

かつて食されていた宮廷料理を、現代作家の器で供してくれるのだが、まずはその見た目の美しさにため息の連続だった。味はどこまでも穏やかで、韓国料理イコール辛いという一般的な常識からはかけ離れている。器こそ違えど、同じ料理を日本の器に盛りつければ、そのまま和食になりそうだった。それくらい、日本と韓国の食文化が近しい関係にあるという表れだと理解した。

すべての料理が洗練され、美しさに溢れていたのだが、中でも印象に残ったのはお粥だった。お米と麦、牛乳を攪拌し、ごま風味で味を調えてあるという。日本のお粥とはまるで違い、スープのようにさらりとしている。体を冷やす効果があるため、夏によく食されるそうだ。

体を冷やしたり、温めたり、韓国料理では常にバランスが重要視される。そのことも、大きな発見だった。

せっかく韓国にいるのだから本場の冷麺も食べたいと、後日、冷麺専門店へも行った。人気店らしく、外には長蛇の列ができている。パリパリ精神の韓国人が並んででも食べたいのだから、よっぽど美味しいのだろう。本格的な冷麺を食べるのは、初めてである。

冷麺は北朝鮮の郷土料理で、そば粉を主体とする麺と、さつまいもを主体とする麺のふたつがある。私が行ったのは、そば粉麺の店で、平壌冷麺と呼ばれている。ようやく中に入って席につくと、まずはヤカンに入った温かい牛スープが出された。地元の人たちが長い麺をハサミで切りながら器用に食べる様子を横目で見つつ、澄み切った牛スープをお茶のようにちびちび飲む。

蒸し暑い日に、ソウルで冷麺を食べる私は幸せだった。そば粉から成る麺は香りがよく、ほどよいコシがあって、体にすいすい吸い込まれる。具は、牛肉、きゅうり、ゆで卵、そして梨。梨の存在感が絶妙だ。冷麺は夏の食べ物かと思っていたら、どうやら冬は冬で、ポカポカのオンドルの上で食べるのもまた乙なのだとか。次回はぜひ、真冬の雪見冷麺にも挑戦したい。

最後の夜は念願だった韓国の精進料理で締め、短い滞在の割には、様々な韓国料理を堪能することができた。これも、パリパリ精神のおかげかもしれない。

27

チロル地方の素朴なレストラン

この村で作られた野菜や肉で料理しているという。

リュックサックを背に、チロル地方へ行って来た。チロルは、アルプス山脈の東側の地域で、オーストリアとイタリアにまたがる山岳地帯だ。この地方には、数百年も前から月の満ち欠けカレンダーがあり、天体のリズムに従って農業を行ってきた歴史がある。それが、一九二〇年代にシュタイナー博士によって提唱された、バイオダイナミック農法のルーツにもなっている。

時々、無性に大自然が恋しくなる。ふだん、私の視界には、常に人が作り出した物が溢れているけれど、そうではない、自然が生み出したそのままの姿を渇望するのだ。そんな時、私の場合は海ではなくて山を目指す。

ミュンヘンでローカル線に乗り換えると、短い編成の赤い列車は渓谷の奥へ奥へと分け入るように走った。なだらかな丘にはお花畑が続き、その奥には標高二〇〇〇メートル級の山々が連なる。万年雪を抱いた山の頂は切り立っており、遠くから見るとまるで王冠のように見える。

中でも、ツークシュピッツェ山はチロルを代表する山のひとつで、ドイツでは最高峰の二九六二メートルだ。ドイツとオーストリアの国境をまたぎ、威風堂々とした姿は神々しさに溢れている。

チロルの山の利点は、そんな高い山にも気軽にロープウェイなどを使って登れることで、ツークシュピッツェ山も何箇所かから、ものの数分で山頂まで行くことができる。

山頂から、晴れ間に垣間見られる絶景を楽しみ、この日はムルナウを経由してバイリッシュツェルへ移動した。実は、今回の旅はほとんど下調べをせず、行き当たりばったりの冒険旅行。ガイドブックも持たず、常にインターネットが使える環境にもなかったので、勘を頼りに進むという、近年稀に見る直感を駆使した旅だった。というのも、チロルが想像以上に広く、情報量が極端に少なかったのだ。それで、実際に足を運んでみなければ、実態がつかめなかった。

ムルナウを出たのは夜の七時過ぎで、チロルに入ってから新たに予約したバイリッシュツェルのホテルまでは、車で一時間以上かかる。そろそろおなかがすいてきたので、途中で夕食をとりたい。けれど、情報がない。かと言って、失敗もしたくない。空腹に耐えてホテルまで行ってしまうか、それとも味には目をつぶってとにかくおなかを満たすか、究極の選択を迫られそうになった時、車が小さな村を通過した。そして、一軒の素朴なレストランの前を通り過ぎた。

もしかして、今のは……。センサーが反応する。一瞬通り過ぎた時、なんとなく気になったのだ。古い農家風の建物の前にはテラス席があり、そこにビールを片手に談笑する地元の人の姿があった。急遽Uターンして、店の前に戻る。恐る恐る店の奥に入ると、出迎えてくれたのは、いかにもロックな格好をした半ズボンのおじさん。その風貌に少々ひるんだものの、やっぱりおなかがすいたし、腹をくくってこの店で夕飯を食べることにした。

ドキドキしながらメニューを見ていると、例のロックおじさんが説明に来てくれた。風貌とは裏腹に、おじさんはとても親切で、愛想がいい。しかも、食材にとてもこだわっていて、ほとんどがこの村か隣の村で作られた野菜や肉を使って料理しているという。なんとなんと！予想外の展開に、期待が膨らむ。

地元産のりんごジュースとプロセッコのカクテルを頼んだら、グラスにきれいなレッドカラントが飾られていた。続いて登場したジンジャースープは、ターメリックが効いていて、驚きのおいしさだった。トマトとモッツァレラチーズのピザも、台が薄くてシンプルなのに奥深い味。ポークステーキもハーブが香り、下に敷いてあるパンも薪で焼いた自家製だった。まさか、通りがかりにこんなにも素敵なレストランのディナーにありつけるとは、なんという幸運だろう。自分たちが今どこにいるのかもわからないまま、偶然の出会いを思う存分堪能した。

デザートには、こちらも地元産の牛乳で作ったという濃厚なヨーグルトを食べ、最後はロックおじさんと記念撮影して足早に店を出た。きっと、村の社交場的なレストランなのだろう。帰る頃には、テラス席が地元の人たちでいっぱいになっていた。美しい光景に感動した。

何も調べない旅というのもまた、いいものである。

28

旅先の朝ごはん

以来、朝ごはんをこのカフェで食べるのが
日課になった。

ふだん、私は朝ごはんを食べない。朝起きたら、まず仏様に手を合わせ、お茶をいれ、それを飲みながら新聞を読む。そして、物語を書く。

仕事をするのは、おなかが空くまでと決めている。そして空腹を感じたら、書く仕事は終了する。おなかが満たされていると、書けないのだ。それから、朝と昼をかねた食事を自分で作る。それが大体、午前十一時前後になる。

例外は旅先にいる時で、旅の時はあまり新聞も読めないし、仕事もできないので、朝ごはんを食べる。ホテルの朝ごはんもいいけれど、できれば近所のカフェでじっくりと朝の時間を過ごしたい。そこに行けば、住んでいる人たちの素の顔を垣間見ることができる。

リガへ行ってきた。ラトビアはもう数えきれないくらい足を運んでいるけれど、行ったことがあるのはすべて夏で、冬に訪れるのは初めてのこと。ちょうど、アドヴェントが始まって二週目を迎える頃で、町にはクリスマスを待ちわびる気持ちがあふれていた。

クリスマス、クリスマス、クリスマス、クリスマス。右を見ても左を見ても、クリスマスツリーが目に飛び込む。どのツリーも飾り付けがとてもシックで、この国の人たちのセンスの良さというか、品の良さを感じずにはいられない。

特に私が好きだったのは、大聖堂の前の広場で行われているクリスマスマーケットで、まるで長いスカートを広げたような美しい形のもみの木には、ラトビアに古くから伝わる文様のオーナメントなどが飾られ、そのてっぺんには風見鶏が光を放っていた。

白い息を吐きながら、手作りのスプーンや手編みの手袋を見てまわり、疲れたらホットワインを片手に一休みする。そこには、寒い国ならではの冬の楽しみがたくさんあった。

その広場から少し歩いたところに、地元の人御用達のいいカフェがあると聞きつけ、行ってみた。夕方、といっても午後三時にはもう暗くなるのだが、少しおなかが空いたので、夕飯前の軽い食事をとる。ガラスケースの中には、十種類をこえる数のケーキと、惣菜パンや菓子パン、キッシュなどが並んでいる。どれもおいしそうで、しかも安い。

キッシュを温めてもらい、ハーブティを飲みながら食べていると、となりのテーブルから、男女のはしゃぐ声が聞こえてくる。となり同士でソファに座った若いカップルが、体を寄せ合ってふざけているのだ。まだ十代と思しきそのふたりは、まるで仔猫みたいに楽しそうにじゃれあっている。その後ろのテーブルでは、おばあさんがふたり、お酒を飲みながら話し込んでいた。

以来、朝ごはんをこのカフェで食べるのが日課になった。ホテルを出て、大聖堂前の広場を右に曲がってカフェに向かう。カフェの名前は、わからない。となりに、雰囲気のよいベトナム料理店があるとだけ覚えている。

旅の最終日も、曇り空の下、てくてく歩いてカフェを目指す。六泊七日の旅だったので、結構のんびりできた。最初のうちは入り組んだ旧市街の道で迷子になり途方に暮れていたけれど、もうその心配もない。どこにどんなクリスマスツリーが飾られているか、きちんと頭に入っている。

どれにしようかな。迷った挙句、ずっと気になっていたケーキとラテを注文した。それから、ケーキとラテを自分で運んで席につく。オイルヒーターに近い、窓際の特等席だ。そこに座ると、店全体を見渡すことができる。

厨房の壁の一部が四角く切り取られているため、まるで額縁のようにそこから奥で働く人の姿が見える。私と同世代だろうか。きりりと髪の毛を結い上げた黒いとっくりセーターの女性が、きびきびと働いている。ステンレスのボウルが触れ合う音、包丁がまな板を叩く音が心地よく響いてくる。

となりのテーブル席に座った若い女性三人組は、オムレツとサラダとクロワッサンの朝食セットをもりもり食べていた。誰かお客さんが入ってくるたび、木の押し戸がきしむような音を立てる。

前回は、夫とリガに来たのだった。その時は、まさか自分たちがこういう結末を迎えるなんて思ってもみなかった。でも、夫とリガに来ることは、もうないのかもしれない。

ぼんやりとそんなことを考えながら、コップに残ったラテの泡を飲み干し席を立つ。でも、きっと私はまたここに戻って来るのだろうと思いながら、押し戸を開けて外に出た。

蜜蜂の羽音に
導かれ
リトアニアへ

私がリトアニアという国の名前を気に留めるようになったのは、一枚のリネンのワンピースがきっかけだった。熟れた木苺のような色をしたノースリーブのワンピースは、さらりとして着心地がよく、洗えば洗うほど肌に馴染み、夏の定番となった。それから少しずつ、暮らしの中に麻の製品が加わった。服だけでなく、シーツや枕カバーなどの寝具類、台所の手拭き、テーブルクロス、カーテンなど、気がつけば麻に囲まれて暮らしている。その多くが、リトアニアのリネンからできている。

愛着のあるリトアニアリネンの服を着て、二〇一八年の夏のはじめ、リトアニアを旅した。臨時首都が置かれていた古都カウナスから始まり、お城のあるトラカイを経由して、首都、ヴィリニュスへ。それは、リネンの糸と蜜蜂の羽音に導かれるような、巡礼の旅となった。

リトアニアの人々は、昔から、リネンとともに暮らしてきた。家の中のもっともいい場所には、まるで掛け軸のように美しいリネンの織物を飾り、自らの畑にはリネンの種を植えて大事に育てた。リネンの花は青くて、とても小さい。ころんとした丸い姿は、まるで鈴のようで愛嬌がある。

リネンの収穫が終わると、種のついた茎を束ねて円形のリースを作り、それを家の入り口に飾った。それはまるで、幼い子どもが大胆に描いた太陽みたいな大らかな形をしていて、リトアニア人の自然崇拝にも通じるところがある。リネンは、繊維を取り出すだけでなく、実は食用としても使われ、とりわけ、断食の期間はじゃが芋と炒めて食卓に並ぶことが多かった。

ヴィリニュスの中心にあるヴィリニュス大学の鐘楼にのぼり、町を眺めた。なんという美しい町並みだろう。ヴィリニュスにレンガの建物が建ちはじめたのは一三〇〇年代で、まずはゴシック様式の教会などが建設された。その後、一六〇〇年代頃から、今度はバロック様式のアパートなどが建てられた。それら中世の建造物が、今も旧市街には数多く残されている。上空から見たヴィリニュスは、薔薇色の瓦屋根が波打つ、素朴で穏やかな町だった。

それにしても、あっちにもこっちにも、至るところに教会がある。もともと、リトアニアは自然崇拝の国だ。人々は、かつての日本人同様、太陽や木々、草花など、生きとし生けるものすべてに神さまが宿ると信じ、自然そのものを崇め、敬ってきた。そこへ、一三八七年、キリスト教がもたらされた。人々は自然崇拝からキリスト教への改宗を余儀なくされたのだが、そう簡単にこれまでの信仰を変えることはできない。そこで、リトアニアにおけるキリスト教は、もともとあった多神教と融合する形で独自の進化を遂げたのである。

そのもっとも顕著な例が、十字架だ。かつて、リトアニアの民家には、庭先に十字架を立てる習慣があった。リトアニアの十字架は木でできており、すぐれた十字架職人は一本の木から十字架を切り出し、美しい装飾をほどこす。その際、キリスト像やマリア像に加えて、太陽を意味する円形の装飾もほどこされたのだ。つまり、多神教と一神教という相反するふたつの宗教が、リトアニアではうまく融合し、成り立っている。

また、小さな屋根のついた十字架も数多く見られる。そうすることで、十字架そのものが教会の役目を果たすようになるという。昔は簡単に教会まで足を運べなかったから、家の庭や通り道に屋根付きの十字架を立てることで、そこが正式な祈りの場として機能するようになったのだ。

そう、リトアニア人は、とても信心深い。現在、国民の約八割は、ローマ・カトリック教の信者である。

ある晴れた日、ヴィリニュスから車で十字架の丘を訪ねた。麦畑と原っぱに挟まれたなだらかな丘に、無数の十字架が立っている。その数は、五万本とも言われている。

誰がそこに最初の一本を立てたのかはわからないが、いつしかこの場所は十字架の丘と呼ばれるようになった。宗教弾圧のあった旧ソ連時代には、幾度となくブルドーザーがやってきて、丘をならし、十字架はことごとく焼き払われた。十字架を立てようとする者には罰金が課せられ、投獄されることすらあった。それでもまた、そこに誰かが新しい十字架を立てる。その行為は決して止むことなく、今も新たな十字架が立てられ続けている。

十字架の丘にできた細い道をそぞろ歩いた。朽ちかけて傾いた十字架。色褪せた数多のロザリオ。表面が苔むしている石でできた十字架。トーテムポールのように遠くからでも目を引く立派な十字架もあれば、手のひらに収まるほどの小さな十字架もある。日本のお地蔵様に似た、両手を胸の前で合わせて祈る木彫りのマリア様もあった。木の枝を十字にして植物の茎でつなぎ合わせただけの、簡素な十字架もある。

驚くのは、十字架の丘が、キリスト教だけでなく、ユダヤ教やロシア正教など、多くの宗教の垣根を越えた信仰の場となっていることだった。来るものを決して拒まず、しなやかに異文化を受け入れるのは、リトアニア人ならではの寛大な心ゆえという気がした。大切なのは、祈りの形ではなく、中身なのだということを教えてくれる。

私も、拾い集めた石を並べ、草むらの上に十字架を作った。それは見るからにとても描く頼りない十字架だったけれど、なんだか地面の上で手足を広げ、太陽の下、気持ちよさそうに日光浴をしているようで、微笑ましかった。

リネンとともにリトアニア人の暮らしを古くから支えているのが、蜜蜂だ。リトアニアには、六千年も前から蜜蜂がいると言われている。蜜蜂は、花の蜜と花粉を集め、コロニーを作って高度な集団生活を営む。花の蜜は蜂蜜になり、花粉は幼虫の餌になる。養蜂を営むことで、その恩恵を、人間も分けてもらう。

女王蜂が卵を産み、幼虫を育てるために作った六角形の巣房は、蜜蝋と呼ばれる特別な物質でできている。その巣を七十度ほどの温度で温め、蜜蝋を溶かしてろうそくを作る。昔は、一日がかりで一年分のろうそくを作っていたそうだ。ろうそくの芯に使われるのは、リネンをよった糸である。

リトアニア語には、人間の死を意味する単語と動物の死を意味する単語がふたつに分かれているが、蜜蜂の死に限っては、人間と同じ表現を用いるそうだ。それくらい、リトアニアでは人と蜜蜂の距離が近い。

ヴィリニュスを去る旅の最終日は、日曜日だった。朝食後、ホテルの前にある教会にふらりと足を踏み入れる。ちょうど、ミサの時間だった。聖歌隊が厳かなメロディーを奏でる中、人々は目を閉じ、跪いて熱心に祈りを捧げている。

その横顔を見つめながら、リトアニアという小さな国の、他国に翻弄されてきた歴史を想った。リトアニアの人々が熱心に祈るのは、偉大な神さまの力にすがらなければ、日々の暮らしもままならないほどに過酷だった証なのだ。それだけ苦しい時代を生き抜いてきた。こんなふうに、人々の祈る姿に胸を打たれたのは、初めてのことである。

教会を出ようとした時、おばあさんが祭壇に歩み寄り、蜜蝋でできた一本の細いろうそくを供えた。慈愛に満ちたその後ろ姿が、いつまでも私の脳裏に焼きつき、離れない。振り返ると、数えきれないほどの教会を訪れ、祈りを捧げる人々と遭遇した。

旅の間中、私は常に風を感じていた。時に優しく、時に激しく、風はどこからともなく吹きつける。体に馴染んだリネンのワンピースを、さわやかな風が見事に通り抜けていく。

そう、これこそがリトアニア人の精神だ。リトアニアは、リネンの特徴ととてもよく似ている。しなやかで、強い。強いけど優しく、そして柔らかい。柔軟に物事を受け止め、良きものは自らの手に取り、そうでないものは微笑みとともに風に飛ばす。

バルト三国として運命をともにしてきたラトビア、エストニア同様、リトアニアもこれまでに二度、独立している。最初の独立は、ちょうど百年前の一九一八年二月十六日。そして二度目の独立は、二十八年前の三月十一日。その間、ロシアに占領され、その後ナチス・ドイツに占領され、そして再びソ連に占領され、生きる上で必要な自由をことごとく奪われてきた。自由を求めて立ち向かい、血を流した人たちが大勢いた。

だからこそ、最初の独立から百年目となる今年の歌祭りには、大きな意味が込められていたのだろう。人々は自慢の民族衣装を着て集い、二万人が声を合わせてほがらかに歌った。私はその現場に立ち会うことができ、心から幸せだった。歌声は祈りとなり、世界中へこだました。蜜蜂の羽音のように、それは私たちに平和と安らぎをもたらす。

確かに、この国には精霊がいる。人々は、目に見えない存在を感じ取り、敬意を払いながらつつしみ深く生きている。

ベルリンの自宅に戻ってから、自ら作った蜜蝋のキャンドルに明かりを灯した。部屋の薄暗闇を、温かな光が照らす。ほのかに、甘い香りが満ちてくる。リトアニアの人々のこれからの幸せを願いながら、目を閉じて、しばし祈った。

おがわいと

1973年生まれ。『食堂かたつむり』(ポプラ社)でデビュー。小説に『キラキラ共和国』(幻冬舎)、『ミ・ト・ン』(白泉社)、『ライオンのおやつ』(ポプラ社)など。エッセイに『育てて、紡ぐ。暮らしの根っこ—日々の習慣と愛用品—』(扶桑社)などがある。

※本書は、月刊MOE 2017年11月号～2020年3月号に
連載された作品を、新たに構成したものです。

旅ごはん

2020年3月11日　初版発行
2020年6月29日　第2刷発行

小川 糸/著

発行人　柳沢 仁

発行所　株式会社 白泉社
〒101-0063 東京都千代田区神田淡路町2-2-2
電話　03-3526-8065（編集部）
03-3526-8010（販売部）
03-3526-8156（読者係）

編集　森下訓子

DTP　田中斐子（朱猫堂）

印刷・製本　図書印刷株式会社

MOE web　http://www.moe-web.jp
白泉社ホームページ　http://www.hakusensha.co.jp
HAKUSENSHA Printed in Japan
ISBN 978-4-592-73302-7